Antje Herden

Anton und Marlene und die tatsächlichen Tatsachen

Mit Vignetten
von Regina Kehn

KJB

MIX
Papier aus verantwortungsvollen Quellen
FSC® C083411

Erschienen bei FISCHER KJB

Umschlaggestaltung: Suse Kopp, unter Verwendung
einer Illustration von Regina Kehn
Satz: Pinkuin Satz und Datentechnik, Berlin
Druck und Bindung: CPI books GmbH, Leck
Printed in Germany
ISBN 978-3-7373-5236-9

Für Aaron und Shawna und alle Jungen und Mädchen,
die gerne lesen

Prolog

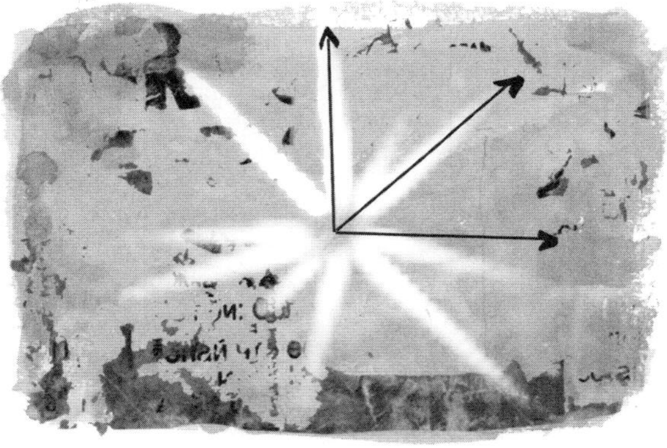

Es schaute sich um, obwohl das so auch nur ein Mensch sagen würde, denn Augen hatte es keine. Zumindest keine, die irgendein Mensch mit seinen Augen hätte sehen können. Denn Sehen war eine Frage der Dimensionen. Hier gab es nur drei. Und genau da lag das Problem.

Sein blaues Aufleuchten spiegelte sich in der silbernen Folie, die zum Glück irgendjemand an die Wände geklebt hatte. Letztlich war die aber auch keine Lösung. Sie konnte das Verschwinden nicht verhindern.

Langsam huschte es weiter, dorthin, wo es die anderen noch spürte.

1. Heiterste Schule des ganzen Landes

Als der Wecker klingelte, schleppte ich mich ins Bad und setzte mich aufs Klo. Zum Glück hatte ich Paps übersehen.
»Anton, ich habe wirklich nichts dagegen, wenn du die Toilette benutzt während ich mich rasiere, aber ich finde, du solltest dir vorher die Schlafanzughose runterziehen«, sagte er.
»Oha!«, rief ich und sprang flink von der Klobrille. Beinahe wäre mir ein echt peinliches Missgeschick passiert. »Jetzt bin ich etwas wacher«, sagte ich dann und grinste Paps schief an.
Paps grinste nicht zurück, sondern warf mir einen ernsten Blick zu. »Du bist schon den zweiten Tag so müde«, sagte er. »Das gefällt mir nicht, mein Lieber. Ich werde mal zum Frühstück einen Smoothie mit vielen Vitaminen für uns alle machen, und heute Abend geht es früh ins Bett.«
»Alles klar«, sagte ich.
Dann ging ich auf unser Gästeklo. Auch wenn Paps nichts da-

gegen hatte, ich fand es nicht so toll, neben ihm zu pinkeln, während er sich rasierte.
Beinahe wäre ich auf dem Klo wieder eingenickt. Ich war wirklich supermüde, was aber wahrlich kein Wunder war.
»Ich habe einen mörderischen Jetlag«, murmelte ich vor mich hin.
Und das lag daran, dass ich zwei Tage zuvor nicht nur die mitteleuropäische Zeitzone verlassen hatte, sondern unsere Galaxie.

Nach einer schnellen Dusche zog ich mir einfach irgendwas an und ging zu Mama in die Küche.
»Guten Morgen, mein Schatz«, flötete sie mit unverschämt guter Laune. »Heute ist der große Tag.«
Ich ließ mich am Frühstückstisch nieder und überlegte, was das bedeuten könnte und ob das irgendetwas mit mir zu tun hatte. Mir fiel aber nichts ein. Paps kam in die Küche.
»Heute ist dein großer Tag, mein Schatz«, sagte er und begann eine Banane, eine Birne und eine Mango zu schälen.
Mama lächelte in ihre Kaffeetasse, und ich verstand noch immer nichts.
»Kein Nutellabrot heute Morgen?«, fragte Mama.
Ich schüttelte den Kopf. Nicht einmal darauf hatte ich Lust.
Paps warf Mama einen Luftkuss zu, während er das Obst in den Mixer gab, einen halben Liter Orangensaft und zwei

Handvoll Eiswürfel dazukippte und das Ganze mit ohrenbetäubendem Krach durchmixen ließ.

»Mein erster Tag als Architektin nach der Babypause«, freute sich Mama, als Paps den Mixer wieder ausgestellt hatte.

»Du meinst jetzt aber nicht mich mit der Babypause, oder?«, fragte ich.

Wir mussten alle drei lachen, und dann tranken wir die Vitamine. Obwohl ich es gar nicht schlecht gefunden hätte, wenn Paps noch etwas Zucker dazugegeben hätte.

Draußen schien die Sonne, das war schon mal nicht schlecht, doch Tim rief mir noch etwas Besseres entgegen. »Wir sollen in die Aula, der Schulleiter will irgendwas verkünden.«

Das bedeutete, die erste Stunde fiel aus.

Marlene erwartete mich am Eingang zur Aula. Unter ihren Augen trug sie lila Ringe, die auch ihr dickes Brillengestell nicht verbergen konnte. Ich wusste, dass ich auch nicht besser aussah.

»Wie geht es dir?«, fragte ich.

»Auweia«, stöhnte Marlene. »Ich bin sooooooo wahnsinnig müde. Ich will eigentlich nur schlafen.«

Der Hausmeister hatte sich nicht die Mühe gemacht, Stühle aufzustellen, darum setzten wir uns einfach auf den Boden vor die Bühne. Dass der Schulleiter von dort oben zu uns herunter sprechen würde, war ja klar.

Marlene saß mit hängenden Schultern neben mir und schaffte es gerade noch, mit einem Mundwinkel zu lächeln. Beide wären wahrscheinlich zu anstrengend gewesen.
»Du bist ja sogar zu müde, deinen Zopf zu propellern«, stellte ich fest.
»Unglaublich, oder?«, sagte Marlene und zog den zweiten Mundwinkel nach oben.
»Jetlag«, sagte ich. »Es geht mir genauso schlimm wie dir.«
»Jetlag?«, fragte Marlene.
»Na ja, von Jet wie Düsenflugzeug und Lag wie Zeitdifferenz. Die typische Müdigkeit, wenn man seine eigene Zeitzone mit Hilfe eines Langstreckenflugs verlassen hat«, erklärte ich.
»Anton, also echt, du alter Besserwisser«, sagte Marlene und verdrehte die Augen. »Ich bin zwar noch nie geflogen, aber ich weiß, was ein Jetlag ist. Allerdings finde ich, dass das nicht die richtige Bezeichnung für unsere Müdigkeit ist.«
Sie schaute mich etwas wacher an und zwirbelte nun doch ihren Zopf.
Ich musste grinsen. »Okay, nennen wir es Galaxylag. Aber wenigstens hast du dich jetzt wachgeärgert.«
Marlene lachte.
Leider machte dann der Schulleiter den kleinen wachen Moment wieder zunichte, indem er eine unglaublich langweilige, aber dafür sehr lange Rede hielt. Die war gar nicht so anders als die Rede, die er vor zwei Wochen zum Schulanfang gehalten hatte. Wollte er sie einfach noch einmal auffrischen und

uns daran erinnern? Allerdings waren nicht nur die fünften, sondern auch die sechsten Klassen anwesend. Ich hoffte, dass es hier keine Schultradition war, sich immer mal wieder diese langweilige Rede des Schulleiters anhören zu müssen.

Ich döste vor mich hin. Vielleicht war ich sogar kurz eingeschlafen, denn plötzlich war die Rede zu Ende, und wir sollten in unsere Klassen zurückgehen.

»Worum ging es denn gerade?«, fragte ich Marlene.

»Keine Ahnung«, sagte sie. »Ich bin eingeschlafen.«

»Was ist denn mit euch los?«, fragte Kaspar, der neben uns herlief. »Irgendwie seht ihr anders aus als am Freitag. Als hättet ihr irgendwas zu verbergen.«

Einen Moment lang war ich erschrocken und fragte mich, ob Kaspar uns tatsächlich ansehen konnte, was Marlene und ich am Wochenende erlebt hatten. Aber das war natürlich Unsinn. Woher sollte Kaspar das wissen?

»Oder habt ihr einfach nur schlaflose Nächte, weil ihr verknallt seid?«, fügte er in dem Moment grinsend hinzu.

»Genau, Kaspar«, sagte ich. »Marlene und ich sind das allerneueste Liebespaar der Schule. Kannst du gleich allen erzählen.«

Kaspar schaute mich überrascht an. Doch dann grinste er noch breiter.

»Klar, Mann. Hab's verstanden, war blöd von mir«, sagte er.

Eigentlich ist Kaspar echt nett. Das war mir schon öfter aufgefallen.

»Wir sind bei dem öden Vortrag vom Schulleiter eingeschlafen«, sagte Marlene. »Um was ging es denn da?«

»Ach, nur Larifari. Lernen und Disziplin und Aufmerksamkeit und noch mal Disziplin«, erklärte Kaspar. »Da kommt wohl bald eine Kommission, die checken will, wie wir so drauf sind. Für die Schule mit den bestgelaunten Schülern gibt es eine Auszeichnung, die der Schulleiter gerne abstauben würde. Die scheint dem sogar extrem wichtig zu sein. Keine Ahnung, warum.«

»Heiterste Schule des ganzen Landes«, murmelte ich.

»Hast im Schlaf wohl doch was mitgekriegt, was Anton?«, sagte Kaspar.

»Leider haben wir von diesem blöden Wettbewerb schon vorher gehört«, knurrte Marlene.

Sie hatte einen finsteren Gesichtsausdruck bekommen und propellerte ihren Zopf wie verrückt. Vor einigen Tagen hatte sie mir erzählt, dass ihre Schwester von der Schule geflogen war. Wahrscheinlich hatte die punkige Luisa nicht ins famose Heiterkeitsprinzip des Schulleiters gepasst.

Plötzlich wurden wir unsanft zur Seite gezogen.

»Kommt mal mit!«, herrschte uns die Schulsekretärin an.

Sie brachte uns in den ersten Stock ins Büro des Schulleiters.

»Ach, da sind ja die Schlafmützen«, sagte der und grinste fies. »Euch ist es wohl nicht so wichtig, was in der Schule passiert. Oder war das Wochenende so aufregend, dass ihr nun euren Schlaf im Unterricht nachholen müsst?«

»Entschuldigen Sie bitte«, sagte Marlene. »Aber wir hatten doch noch gar keinen Unterricht.«
Ich hatte eigentlich keine Lust, mich bei dem unfreundlichen Mann zu entschuldigen. Aber dann dachte ich daran, dass Mama und Paps gleich in den ersten Tagen an der neuen Schule zu einem Elterngespräch kommen mussten, weil ich in eine Klopperei geraten war. Eigentlich schuldlos, aber das hatte niemanden interessiert. Der Schulleiter kannte wenig Gnade, und ich durfte mir keinen weiteren Fehler erlauben, denn wegen Marlene wollte ich unbedingt auf der Schule bleiben. Allerdings war die gerade in ein Fettnäpfchen gestiefelt. Ich musste also doppelte Wogen glätten.
»'tschuldigung«, murmelte ich.
»Oh, das konnte ich eben aber gar nicht richtig hören«, sagte der Schulleiter mit einem bösen Unterton.
»Entschuldigung!«, schrie ich so laut ich konnte.
Der Schulleiter starrte mich an, als wüsste er noch nicht, ob er sich erst einmal von seinem Schreck erholen oder mich sofort wegen meiner Unverschämtheit anbrüllen sollte. Ich nahm ihm die Entscheidung ab.
»Wir werden unsere Mitschüler fragen, was Sie in der Aula Wichtiges verkündet haben und jetzt in unseren Unterricht flitzen. Nicht dass wir den Anschluss verpassen«, sagte ich schnell und zog Marlene hinter mir her.
»Auweia«, sagte sie im Flur und strahlte mich an.

2. Der Deutschaufsatz

Dann saßen wir bei Frau Wolfert im Deutschunterricht. Jetzt war ich tatsächlich wach. Mit der Wachheit kamen die Erinnerungen und Gedanken. Trotzdem versuchte ich, so zu tun, als sei nichts weiter Aufregendes passiert, weder gerade im Büro des vom Heiterkeitswettbewerb besessenen Schulleiters noch an diesem vergangenen absolut verrückten Wochenende. Ich schaute zu, wie Marlene ihren Zopf zwirbelte, so dass er wie ein Propeller um ihre Finger sauste. Dass wir uns erst seit zwei Wochen kannten, kam mir völlig unmöglich vor. Doch Unmöglichkeiten gibt es nicht.

»Und, hattet ihr ein schönes Wochenende?«, fragte Frau Wolfert in dem Moment. Beinahe hätte ich losgeprustet.

»Ja!«, riefen einige Mädchen.

»Auf keinen Fall«, knurrte Tim.

»Nehmt bitte die Hefte heraus und beschreibt auf einer Seite euer Wochenende«, sagte unsere Lehrerin.

»Da reicht mir eine halbe Zeile«, rief Tim. »Es war doof.« Einige in der Klasse lachten. Marlene und ich nicht. Ihr propellernder Zopf traf mich an der Wange.

»Wie soll unsere Geschichte denn auf eine Seite passen?«, wisperte sie. »Die ergibt mindestens ein ganzes Buch. Außerdem glaubt uns die sowieso niemand.«

Darum haben wir sie auch niemandem erzählt, dachte ich. Wir holten unsere Hefte raus.

»Wir beschreiben einfach das Wochenende davor«, raunte ich Marlene zu.

»Da haben wir an unserem Projekt für den Nachhaltigkeitswettbewerb gearbeitet«, wisperte sie. »Und das weiß Frau Wolfert.«

Das stimmte. Unsere neue Lehrerin hatte uns am ersten Schultag am Gymi aufgefordert, an diesem Wettbewerb teilzunehmen. Bevor der Schulleiter das Ganze dann doch wieder abgeblasen hatte, weil er einen Schwindel hinter dem Institut der Zukunft vermutete, hatten wir unser Projekt, den Gemeinschaftsraum mit Sachen zum Ausleihen in unserem Haus, schon umgesetzt und Frau Wolfert gezeigt. Die Idee hatten wir dann beim Institut direkt abgegeben. Zufällig hatten wir das nämlich im selben Haus entdeckt, in dem Marlene Ballettstunden hat. Wir hatten gewonnen, zumindest hatte das Institut es so bezeichnet. Und damit hatte alles begonnen.

»Dann beschreiben wir eben das Wochenende davor«, raunte ich.

»Da waren doch noch Sommerferien«, murmelte Marlene.

Ich ließ meinen Blick durch das Laub des riesigen Baumes vor dem Fenster schweifen. Die Blätter würden sich bald verfärben, aber noch waren sie grün. Ich schaute ihnen ein bisschen bei ihrem flirrendem Tanz im Wind zu. Dann knallte ich mit dem Kopf auf unsere Schulbank.

»Verdammt«, stöhnte ich und rieb mir die Stirn. »Ich bin schon wieder eingeschlafen.«

»Tut es sehr weh?«, fragte Marlene mitleidig.

Ich schaute sie an und musste plötzlich grinsen. »Da fällt mir ein, dass du mir noch einen Schmerzorden basteln wolltest.«

Marlene nickte. So einen Orden hatte ich mir redlich verdient. Ich war abgestürzt, erfroren und beinahe ausgesaugt worden. Marlene hatte mir dreimal das Leben gerettet. Eigentlich hatte sie also auch einen Orden verdient.

»Anton, ich denke, du solltest jetzt mit deiner Arbeit beginnen«, sagte da Frau Wolfert direkt vor mir.

Sie war unbemerkt an unseren Tisch getreten. Ihre Stimme klang dringlich, aber trotzdem nett.

»Entschuldigen Sie bitte, Frau Wolfert«, sagte ich und schlug hastig mein Heft auf.

Blöderweise zerriss ich dabei die erste Seite. Frau Wolfert zog ihre Augenbrauen hoch. Verdammt. Ich nahm meinen Stift.

Bei der Feier im Institut der Zukunft zu Ehren unseres angeblichen Gewinns des Nachhaltigkeitswettbewerbs am letzten Samstag, sprangen wir aus Versehen durch das Portal eines Paralleluniversums. Natürlich haben wir das erst gar nicht verstanden, sondern dachten, wir hätten uns in einem riesigen Garten auf den Dächern der Stadt verlaufen. Wir begegneten unglaublichen Dingen wie kleinen Tierchen, die aussahen wie Moosbüschel, trockenem Regen und atmenden Steinen. Wir hatten Hunger und Angst, wir froren im Wind, der nach Bananenmilch roch, und fanden keinen Ausgang. Dafür entdeckten wir ein Flugzeug, das wie ein orientalischer Palast eingerichtet war. Dort übernachteten wir. Erst am nächsten Tag (und nachdem uns ein falschherum fließender Wasserfall in den sich niemals verändernden Wölkchenhimmel katapultiert hatte und wir dabei unfreiwillig über die Weltkante gefallen waren) erfuhren wir, dass wir uns in einem Paralleluniversum befanden. Dieses war von drei verrückten Wissenschaftlern erschaffen worden, in einer unmöglichen Etage unter dem Ballettstudio, das Marlene besucht. Die Wissenschaftler wollten mal ausprobieren, ob tatsächlich nichts unmöglich ist, wie es ja immer heißt. Die drei hatten sich Marvelcomicnamen gegeben und waren einst zu viert gewesen. Der vierte Mann war letztlich das Problem. Doch bevor wir das erkannten, mussten wir Marlenes Schwester Luisa retten, die sich ebenfalls im Paralleluniversum der Unwahrscheinlichkeiten verlaufen hatte. Hier wurden nämlich alle Menschen, die älter als zwölf Jahre waren, selbst unwahrscheinlich. Luisa ist fünfzehn. Zum Glück entdeckten wir nicht nur die gruseligen Spiegelbilder von uns, die in einem Teich irgendwie lebendig geworden waren, sondern fanden auch Luisa rechtzeitig. (Beinahe zumindest. Leider büßte sie einen Finger und ihr rechtes Ohr ein.) Doch um die Rettung von Marlenes Schwester war es eigentlich gar nicht gegangen, sondern um die Rettung der ganzen Welt. Darunter hätten es die Marvelhelden wohl nicht machen können. Tatsache war, dass Unwahrscheinlichkeiten in unser Universum gelangten und hier alles aus dem Gleichgewicht brachten. Es gab also ein Loch, das gestopft werden musste. Weil wir den Nachhaltigkeitswettbewerb so hervorragend gelöst hatten (oder weil wir die einzigen Dummen gewesen waren, die daran teilgenommen hatten), war uns diese glorreiche Aufgabe zugefallen. Wir überlebten ein Feuer, das uns vereisen wollte, und Dornenranken, die uns auszusaugen versuchten, und letzten Endes auch den Silikonmann, den einstigen vierten Mann, der danach trachtete, uns mit Tausenden von Gummibällen zu töten. Zum Glück war der auch das Loch zwischen den Welten. Er hatte die Unwahrscheinlichkeiten hier herübergebracht, weil er total durchgeknallt war und nichts Geringeres als die Weltherrschaft anstrebte. Es ist dann aber trotzdem schrecklich gewesen, als er vor unseren Augen unwahrscheinlich wurde und einfach

verschwand. Doch wir hatten unsere Aufgabe erledigt und konnten wieder nach Hause gehen. Drei Tage waren wir im Paralleluniversum unterwegs, doch hier waren nur zwei Stunden vergangen, von denen unsere Eltern annahmen, wir hätten sie Eis essend mit den Leuten vom Institut der Zukunft verbracht.
Wer drei Tage in zwei Stunden erlebt, der hat ein Anrecht auf eine Woche Schlaf und schulfrei. Als Weltretter sowieso.

Natürlich schrieb ich das alles nicht auf. Wir hatten mit den Marvelhelden abgesprochen, dass sie das Paralleluniversum implodieren lassen und wir niemals darüber reden würden. Das hätten wir sowieso nie getan. Ich meine, was hätten die Leute über uns gedacht? Sicher nicht, dass Marlene und ich zwei heldenhafte Weltretter waren.
Blöderweise war es ziemlich unmöglich, sich an all das zu erinnern, ohne ganz meschugge zu werden. Und wie unmöglich es sich erst anfühlte, dass das alles tatsächlich passiert war! Aber *unmöglich* gibt es eben nicht. Auch wenn das nicht bedeutet, dass alles möglich ist. Diesen Satz lasse ich hier einfach mal so stehen. Wer Lust hat, sich darüber einen Knoten in die Gehirnwindungen zu denken, kann das ja tun. Ich bin dazu zu müde. Ich schrieb irgendetwas in mein Heft und wartete auf die Pause. Als es endlich klingelte, nahm ich Marlene bei der Hand und zog sie hinter mir her.

»Anton«, schnaufte Marlene, »jetzt habe ich mein Frühstücksbrot vergessen.«
»Das tut mir leid«, sagte ich. »Komm, ich spendiere dir eine Brezel am Frühstücksmobil.«
In der Schlange an dem kleinen Bäckerwagen, der in jeder ersten Pause im Schulhof steht, waren wir zum Glück beinahe die Ersten. Mit unseren Brezeln setzten wir uns auf eine Bank in die Sonne. Vor uns tobten ein paar Kinder um eine Tischtennisplatte herum. In der gegenüberliegenden Ecke rotteten sich einige Jungs um Uwe Bommel. Ich warf ihnen einen finsteren Blick zu. Ihretwegen war ich dem Schulleiter das erste Mal unangenehm aufgefallen.
»Es ist total schrecklich, dass wir niemandem erzählen können, was vorgestern passiert ist«, sagte Marlene.
»Das finde ich auch«, sagte ich. »Gestern wäre ich zu Hause fast geplatzt. Besonders weil meine Mutter die ganze Zeit so besorgt um mich war und immer wieder fragte, was los sei.«
»Zum Glück haben wir uns«, sagte Marlene.
»Zum Glück«, sagte ich.
Wir lächelten uns an. Doch dann schüttelte Marlene ihre Schultern, als wäre ihr kalt.
»Was ist los?«, fragte ich.
»Ich habe so ein komisches Gefühl. Als würde uns jemand beobachten«, wisperte Marlene und zwirbelte ihren Zopf.
Ich schaute mich aufmerksam um. Uwe Bommel und seine Jungs kümmerten sich nicht um uns. Kaspar und Tim ran-

gelten sich am Frühstücksmobil. Vor uns tobten noch immer die Kinder um die Tischtennisplatte herum. Niemand schaute in unsere Richtung.

Doch auf einmal spürte ich es auch. Meine Haut im Nacken kribbelte. Es fühlte sich an, als würde der Blick eines Beobachters, der auf mich herabstarrte, dorthin treffen. Ich guckte langsam nach oben. Die meisten Fenster standen offen und waren schwarze Löcher im Schulgebäude. Nur im Büro des Schulleiters hingen Gardinen vor den Fenstern. Und genau hinter diesen Gardinen stand jemand. Schnell senkte ich den Kopf wieder.

»Im Büro des Schulleiters steht jemand hinter den Vorhängen und starrt zu uns runter«, murmelte ich.

Marlene tat so, als müsste sie sich mal strecken und inspizierte dabei die Fenster im ersten Stock.

»Mhm«, machte sie. »Wahrscheinlich der Schulleiter selbst. Er hat uns auf dem Kieker, weil wir vorhin bei seiner grandiosen Rede einfach eingeschlafen sind.«

»Wir sollten uns davon aber nicht verrückt machen lassen«, sagte ich. »Stimmt, vielleicht prüft er ja nur mal, ob auch alle schön heiter sind«, murmelte Marlene.

Ich prustete los und verschluckte mich am letzten Bissen meiner Brezel. Marlene klopfte mir auf den Rücken.

»Geht es wieder?«, fragte sie, als ich endlich aufhörte zu husten.

»Alles okay, danke«, sagte ich.

Dann wandte ich mich ihr zu. »Wir müssen keine Angst mehr haben, Marlene«, sagte ich leise. »Wir sind wieder zu Hause und in Sicherheit. Hier beobachtet und verfolgt uns niemand.«
Der Schulgong beendete die Pause. Wir rutschten von der Bank und liefen langsam zurück in die Schule.
»Du hast recht«, sagte Marlene. »Wir sind in Sicherheit. Wer sollte uns hier beobachten und warum auch?«

3. Kriechende Erde

Nach der sechsten Stunde gingen wir zu mir. Mama hatte nichts dagegen, wenn ich Marlene spontan zum Mittagessen mitbrachte. Im Gegenteil. Sie kochte sowieso immer so viel, als würde sie noch eine Menge Gäste erwarten.

»Anton, hilf mir mal bitte damit«, sagte Opo und drückte mir zwei Schlafsäcke in die Hand, die er gerade aus seinem Auto geholt hatte. Er war genau in dem Moment vorgefahren, als ich meinen Schlüssel ins Haustürschloss gesteckt hatte.

»In den Keller oder hoch?«, fragte ich.

»In den Keller«, sagte Opo.

Opo wohnt zwar nicht wirklich bei uns, aber das hatten wir alle beinahe vergessen. Er hatte sich Paps' einstiges Arbeitszimmer unter den Nagel gerissen und ging bei uns ein und aus, wie er wollte. Ich fand das super, denn mit Opo hat man viel Spaß, obwohl er einige Dinge, die er sagt oder macht, gar nicht lustig meint. Außerdem weiß er viel über die Welt und

das Leben, weil er viel gereist ist. Aber leider konnte ich auch ihm nichts von unseren Abenteuern im Paralleluniversum erzählen. So weit war er dann doch nie gekommen.
Opo öffnete die Beifahrertür seines alten hellblauen Käfers. Er ist einer der letzten dieser Stadt, der noch so ein Auto fährt. Außerdem ist er ein Gentlemen alter Schule mit etwas altmodischen, aber sehr guten Manieren. Zumindest dann, wenn er Lust dazu hat. So wie gerade, als er galant einer Dame mit einem goldenen Turban aus dem Wagen half, die sich etwas umständlich auseinanderfalten musste, weil sie so groß war.
»Tante Uli!«, rief Marlene überrascht. »Was machst du denn hier?«
»Nicht viel anderes als du, meine liebste Marlene. Ich werde von einem wunderbaren Mann zum Mittagessen ausgeführt«, zwitscherte Tante Uli.
Sie warf Opo einen Luftkuss zu, und der tat so, als würde er ihn mit der Hand auffangen und an sein Herz drücken. Marlene kicherte. Tante Uli reckte und streckte ihre langen Glieder. Ich befürchtete schon, sie würde hier direkt auf der Straße ihre Lieblingsyogaübung, den Sonnengruß, vortanzen oder wie man das beim Yoga nennt. Stattdessen kam sie zu uns gelaufen und umarmte erst ihre Nichte und dann mich. Inzwischen begann Opo den Kofferraum auszuladen.
»Mama wird sich freuen«, sagte ich und meinte es so.
»Wieso deine Mutter?«, fragte Opo. »Sie ist doch arbeiten.«
»Und Mittagessen?«, fragte ich erschrocken.

»Dafür sorge ich«, sagte Opo.
»Wunderbar«, rief Tante Uli. »Wir haben nämlich seit gestern Mittag nichts mehr gegessen«, raunte sie uns zu. »Ich fühle mich schon ganz schwächlich.«
Davon war allerdings nichts zu merken. Kurzerhand nahm sie nämlich Opo das ziemlich unordentlich zusammengefaltete Zelt aus den Händen und schulterte es auf ihrem breiten Rücken.
»Wir haben das Zelt nicht mehr in diesen viel zu kleinen Sack bekommen«, erzählte sie lachend und lief mit langen Schritten voran. »Darüber hätten wir beinahe unseren ersten Ehekrach bekommen.«
»Ähm, wieso Ehekrach?«, fragte ich überrascht.
Soweit ich wusste, hatten sich mein Opa und Marlenes Tante erst vorgestern bei der seltsamen Preisverleihung im Institut der Zukunft kennengelernt. Klar, sie hatten inzwischen eine Menge zusammen erlebt: Sie hatten zu peinlichen Schlagern auf der Bühne des Instituts getanzt, sich mit Mirabellenlikör beschwipst, im Schlafzimmer meiner Eltern Yoga zu Brahms geturnt und eine Nacht zeltend auf dem Hausberg hinter der Stadt verbracht, um die Sonne beim Untergehen zu grüßen. Aber wann hatten sie geheiratet?
»Das sagt man doch nur so«, erklärte Tante Uli.
Dann rauschte sie die Kellertreppe hinunter.
»Dolle Frau«, brummte Opo, der ihr mit den Zeltstangen folgte.

Marlene kicherte noch einmal. Sie trug die Isomatten. Am Ende der kleinen Prozession in den Keller lief ich mit den Schlafsäcken.

»Huch!«, hörte ich Tante Uli plötzlich aufschreien.

Im selben Moment rannte ich in Marlene hinein, die am Fuß der Treppe abrupt stehen geblieben war. Marlene selbst war gegen Opo gestoßen, der vor Schreck die Zeltstangen fallen gelassen hatte, die nun mit lautem Getöse auf dem Zementboden herumklapperten.

»Liebstes Fräulein Uli, was, um Himmels willen, ist denn los?«, rief Opo erschrocken.

»Ach, Kinder, es tut mir leid«, sagte Tante Uli und klang kein bisschen bekümmert. »Aber ich habe mir doch tatsächlich eingebildet, ich hätte da eben etwas ganz und gar Unmögliches gesehen.«

Ich hörte, wie Marlene die Luft scharf einzog.

»Was denn?«, fragte ich.

»Ach, ihr haltet mich nur für eine seltsame Schachtel, wenn ich es euch sage«, wiegelte Tante Uli kichernd ab.

Wir legten die Campingsachen vor unsere verschlossene Kellertür. Mit ihren Worten hatte Tante Uli Marlene und mich erst richtig neugierig gemacht. Während sie und Opo schon wieder die Treppe hinaufliefen, trödelten wir noch etwas herum und schauten aufmerksam in alle Ecken.

»Da!«, wisperte Marlene plötzlich und griff nach meinem Arm.

Im selben Moment sah ich es auch. Man hätte es für ein ganz normales kleines Häufchen feuchter Erde halten können. Doch das war es nicht. Denn es kroch davon. Wie ein kleines Amöbentier mit unbestimmter Form glitt es über den Kellerboden. Als es an die Wand kam, krabbelte es diese einfach hinauf. Wir folgten ihm mit den Augen, bis der kleine kriechende Erdhaufen von der Dunkelheit in der obersten Ecke der Kellerdecke verborgen wurde.

»Doctor Strange hat gesagt, die wenigen Unwahrscheinlichkeiten aus dem Paralleluniversum, die der Silikonmann freigelassen hat, würden hier keinen Schaden anrichten«, murmelte ich.

»Es ist trotzdem gruselig, sie zu entdecken«, sagte Marlene.

»Das stimmt«, sagte ich. »Hoffentlich verschwinden die bald alle.«

»Mhm«, machte Marlene und zwirbelte ihren Zopf.

Doctor Doom hatte uns erklärt, dass sich die Unwahrscheinlichkeiten mit den Wahrscheinlichkeiten unseres Universums mischen und dann wahrscheinlich werden, also einfach verschwinden würden.

Schließlich gingen auch Marlene und ich nach oben. Opo wärmte in der Küche das Mittagessen auf, das Mama schon gestern gekocht hatte.

Nach dem Essen saßen wir noch eine Weile zusammen am

Tisch. Opo erzählte von seinen Reisen. Ich konnte nicht so genau zuhören. Das machte aber nichts, denn ich kannte die Geschichten sowieso schon. Die ganze Zeit musste ich an den kleinen Erdhaufen denken und ob es irgendwie schlimm sein könnte, dass es den jetzt in unserem Keller gab. Vielleicht sollte ich ihn einfangen und auf das Beet im Hinterhof legen? Vor lauter Grübeln bekam ich ein sonderbares Gefühl im Bauch. Das erinnerte mich an die Pause und an den Schulleiter – oder wer auch immer hinter den Gardinen im ersten Stock der Schule gestanden hatte. Warum hatte der uns beobachtet?

»Anton?«, fragte Marlene leise. »Ist alles okay?«

Ich nickte. »Ja, alles klar. Ich bin einfach nur supermüde.«

Ich wollte nicht, dass Marlene sich Sorgen machte.

Als Mama von der Arbeit nach Hause kam, freute sie sich, uns alle zu sehen. Sie aß selbst einen Teller Eintopf und erzählte kurz von ihrem ersten Arbeitstag. Er war gut verlaufen, und Mama sah richtig glücklich aus. Dann kramte sie unser *Mensch, ärgere dich nicht*-Spiel hervor.

Zuerst befürchtete ich, dass wieder irgendetwas völlig Unmögliches passieren könnte. Zum Beispiel, dass Mama gewinnen würde. Sie gewinnt sonst nämlich nie. Aber nach zwei Stunden waren wir noch immer mitten im Spiel, und niemand würde in nächster Zeit gewinnen, weil jeder ständig wieder rausgeschmissen wurde.

»Wenn man zu fünft spielt, dauert *Mensch, ärgere dich nicht* unendlich lange«, sagte Marlene.
»Meine Süße, was weißt du denn schon von der Unendlichkeit?«, murmelte Tante Uli und lachte dann fröhlich auf, weil sie Opo rausschmeißen konnte.
Marlene und ich schauten uns an. Wir wussten ganz genau, was Unendlichkeit ist. Wir waren drei Tage lang in ihr gefangen gewesen.
»Hast du heute kein Ballett?«, fragte ich Marlene etwas zu laut und versuchte, ihr unauffällig zuzuzwinkern. Das klappte aber nicht, weil ich nicht zwinkern kann. Marlene verstand mich trotzdem.
»Meine Ballettstunde!«, rief sie. »Ich muss schnell los.«
»Moment!«, rief Opo. »Das hier kann nicht so einfach unterbrochen werden. Das ist kein Spiel.«
»Ach, ist es nicht?«, fragte Tante Uli. Sie machte große Augen. Vielleicht weil sie daran dachte, wie fröhlich sie Opo eben vom Brett gefegt hatte und dass der darüber vielleicht gar nicht lachen konnte.
»Das Ende dieser ernsten Sache kann aber bestimmt werden, wenn nach einer sehr komplizierten Berechnungsformel der wahrscheinlichste Gewinner zum tatsächlichen Gewinner erklärt wird«, sagte ich.
»Richtig«, sagte Opo.
»Ach?«, machte Tante Uli, die wohl noch nicht mit ihrem neuen Verehrer gespielt hatte.

»Nach reiflicher Überlegung komme ich zu der Überzeugung«, hob Mama mit ernster Stimme an, »dass Opo gewonnen hätte.«

»Das wollte ich doch gemeint haben«, sagte Opo zufrieden grinsend.

»Darauf ein kleines Mirabellenlikörchen!«, rief Tante Uli und klatschte in die Hände.

»Lieber nicht«, brummte Opo. Mirabellenlikör schien nichts für alle Tage zu sein.

»Marlene, ich bringe dich zum Ballett«, sagte ich.

Mama strahlte mich an. »Das ist aber lieb von dir, Anton«, sagte sie.

»Ist es wirklich«, bestätigte Marlene.

Marlene und ich guckten uns lieber nicht an, weil sie überhaupt keine Ballettstunde hatte. Wir zogen schnell unsere Schuhe an und liefen los.

»Meinst du, es ist weg?«, fragte Marlene auf der Straße.

»Ich hoffe es«, sagte ich.

Wir wollten nachschauen, ob die drei Wissenschaftler des Instituts der Zukunft ihr Versprechen gehalten und das gefährliche Paralleluniversum erfolgreich vernichtet hatten. Nachdem ich das kriechende Erdhäufchen in unserem Keller gesehen hatte, musste ich mich dessen einfach vergewissern, sonst hätte ich keine ruhige Minute mehr gehabt.

»Sechs Stockwerke, wie es sich gehört«, sagte Marlene. »Es ist weg.«
Wir standen vor dem Haus und schauten nach oben.
»Man konnte vorher ja auch nichts von außen erkennen«, erwiderte ich. »Das Paralleluniversum war in einer unwahrscheinlichen Etage.«
Ich zählte ebenfalls die Fensterreihen. Sechs Stockwerke und ganz oben Marlenes Ballettschule.
»Das Schild ist auch verschwunden«, sagte Marlene.
Sie deutete auf vier kleine Löcher in der Wand, wo am Samstag noch das Schild des Instituts der Zukunft festgeschraubt gewesen war.
»Trotzdem«, sagte ich. »Wir fahren jetzt mit dem Fahrstuhl in jede Etage und schauen nach.«
»Ich hasse Fahrstuhlfahren«, murmelte Marlene.
Ich konnte sie sehr gut verstehen, denn mir ging es seit neuestem genauso.

Eine halbe Stunde später standen wir wieder vor dem Haus auf der Straße und schauten nach oben.
»Es ist wirklich weg«, sagte ich.
»Dann ist ja alles gut«, sagte Marlene und zwirbelte ihren Zopf.

4. Der Glücksspielautomat

Bis zum nächsten Nachmittag passierte dann erst einmal nichts Aufregendes. Das war mir ganz recht. Ich war immer noch ziemlich kaputt und hatte nichts gegen etwas Ruhe und Langeweile in der Schule.

Nach dem Mittagessen und den Hausaufgaben bummelten Marlene und ich durch unser Viertel. Dabei schauten wir uns aufmerksam um. Wir befürchteten, irgendetwas Unwahrscheinliches zu entdecken, oder – und das hätten wir noch schlimmer gefunden – es zu übersehen. Obwohl wir dann natürlich gar nicht gewusst hätten, dass es dagewesen war.

»Wir machen uns ganz verrückt«, sagte Marlene irgendwann.

»Ich weiß«, sagte ich. »Aber vielleicht haben die Wissenschaftler unrecht.«

»Du meinst, es könnte sein, dass die freigelassenen Unwahrscheinlichkeiten doch gefährlich werden könnten?«, fragte Marlene und zwirbelte ihren Zopf.

»Ja, nein, ich weiß es nicht«, seufzte ich.

»Warte mal! Das hätte ich ja fast vergessen«, rief da Marlene und griff in ihre Umhängetasche. Sie holte einen selbstgebastelten Orden heraus und befestigte ihn mit einer Sicherheitsnadel an meinem Kapuzenpulli. »Bitte schön, weltbester Schmerzenaushalter.«

Ich musste lachen. »Der ist toll«, sagte ich. »Hast du den extra für mich gestrickt?«

»Den habe ich nicht gestrickt, sondern gehäkelt«, erklärte Marlene.

»Was du alles kannst«, staunte ich. Ich hatte ja nicht einmal gewusst, dass Stricken und Häkeln nicht dasselbe ist.

»Es ist ganz einfach«, sagte Marlene. »Wenn du magst, kann ich dir zeigen, wie es geht.«

»Ach, lass mal«, wiegelte ich ab. »Ich weiß, es ist voll cool, wenn Jungs häkeln und stricken oder sonst was mit Nadeln und Wolle machen. Aber das hat bei mir schon in der Grundschule nicht geklappt. Niemand hat im Handarbeitsunterricht mein hartes graues Knäuel als Topflappen erkannt. Ich bin wohl nicht besonders talentiert in solchen Sachen.«

Marlene lächelte mich an. »Das macht nichts«, sagte sie. »Ich mag dich trotzdem.«

Ich wusste für einen Moment nicht, was ich sagen sollte. Doch das war sowieso egal, denn plötzlich sprang uns ein Obdachloser in den Weg.

»Hey, Kinder«, raunte er.

Ich spürte, wie Marlene neben mir zusammenzuckte. Auch ich trat erst einmal einen Schritt zurück. Das lag daran, dass mit den Worten aus dem zahnlosen Mund des Obdachlosen ein fürchterlicher Gestank quoll. Aber auch daran, dass mich noch nie ein Obdachloser angesprochen hatte.

»Habta ma 'ne Maak?«, raunte er.

»Bitte was?«, fragte Marlene.

»Die Mark gibt es seit 2002 nicht mehr«, sagte ich.

»Ah, klar. Wie dumm von mir«, krächzte der schmutzige Mann mit den verzottelten Haaren. »'nen Euro, mein ich. Neee, neee ... Moment. Zwei Euro. Habta ma zwei Euro?«

Marlene runzelte unwillig die Stirn. »Ist das nicht ein bisschen viel?«, fragte sie.

»Wir sind Kinder«, fügte ich hinzu. »Zwei Euro. Das ist die Hälfte meines Taschengeldes für eine ganze Woche.«

Marlene schaute mich an.

»Du bekommst vier Euro? In der Woche?«, fragte sie und zwirbelte ihren Zopf.

»Ja«, sagte ich. »Was bekommst du denn?«

»Auch vier Euro«, sagte sie leise. »Aber im Monat.«

»Na, dann isses doch ganz klar, wer mir jetzt ma zwei Euro gibt«, sagte der Obdachlose und hielt mir auffordernd seine dreckige Hand unter die Nase.

»Warum fragen Sie denn nicht einen Erwachsenen?«, wollte ich wissen.

Ich hatte ein Zweieurostück in der Tasche, und ich wollte

auch nicht, dass ein Mensch Hunger leiden muss, aber ich fand den Typen ganz schön unverschämt. Außerdem wollte ich Marlene zu einer Kugel Eis einladen.
Der zottelige Mann schaute sich hektisch nach allen Seiten um. »Kommt mit!«, raunte er. »Da drüben gibt es ein Wunder.«
Er lief einfach über die Straße und huschte in eine Toreinfahrt neben einer dunklen Kneipe. Marlene und ich guckten uns an.
»Ein Wunder«, sagte sie. »Das müssen wir unbedingt sehen.«
Wir folgten dem Typen in den Schatten der Einfahrt.
»Wisst ihr, was Wahrscheinlichkeit ist?«, fragte er.
»Ja, klar«, sagte ich.
Marlene zwirbelte ihren Zopf sehr schnell. Ich spürte, dass mein Herz ziemlich aufgeregt vor sich hin schlug. Diese Situation war irgendwie ganz besonders. Das wussten wir beide.
»Die Wahrscheinlichkeit stuft Vorhersagen und Dinge, die passieren können, danach ein, wie gewiss sie sind. Also, zu wie viel Prozent sie passieren werden oder eben nicht«, erklärte ich.
»Sehr gut. Eins. Setzen!«, sagte der Obdachlose überraschend fest.
Beinahe hätte ich mich wirklich hingesetzt. Zum Glück fiel mir aber noch rechtzeitig ein, dass ich weder in der Schule war noch einen Stuhl hinter mir stehen hatte.
»Sind Sie etwa ein Lehrer?«, fragte Marlene.
Ich fand es total nett von ihr, dass sie die Gegenwartsform gewählt und nicht *waren* gesagt hatte. Das fand der Obdachlose

wohl auch, denn er strahlte uns mit seinem zahnlosen Mund an.

»Ganz genau, ich *bin* ein Lehrer. Ein Lehrer in der Schule des Lebens.« Er kicherte vor sich hin.

»Aber was hat es jetzt mit diesem Wunder auf sich?«, fragte ich.

»Ah, ja, richtig«, nuschelte der Typ, als hätte er es selbst kurz vergessen.

Er deutete zur Seitentür der Kneipe neben uns. Die stand offen und führte in den hinteren Bereich der dunklen Spelunke. An der gegenüberliegenden Wand blinkte ein Spielautomat.

»Ich habe in der Nacht beobachtet, dass einer da zwei Euro reingeworfen hat und mit einem riesigen Sack voller Geld nach Hause gegangen ist.«

»Das ist doch kein Wunder«, sagte ich enttäuscht. »Klar, verlieren die meisten Spieler an den Automaten ihr Geld. Aber hin und wieder gewinnt eben auch mal jemand.«

Der Obdachlose war auf jeden Fall ein bisschen verrückt. Wir sollten machen, dass wir weiterkamen.

»Ich bin nicht dumm, Junge, falls du das denken solltest«, sagte der Mann heftig. Plötzlich sprach er auch klar und deutlich. »Natürlich ist es kein Wunder, dass einer gewonnen hat, obwohl es sehr unwahrscheinlich ist. Das Wunder war vielmehr, was er gewonnen hat.«

»Was hat er denn gewonnen?«, fragte Marlene. »Gold und Edelsteine oder die Frau fürs Leben?«

»Unsinn«, sagte der Mann und senkte seine Stimme wieder zu einem krächzenden Raunen. »Fünftausend Euro in Zweieuromünzen. Is eigentlich völlig unmöglich. Ich hab das ma schnell ausgerechnet.«
Der Typ begann in den Taschen seines zerlumpten und viel zu warmen Mantels zu kramen.
»Sie haben das mal schnell ausgerechnet?«, rief ich verblüfft.
»Ja«, sagte er. »Wieso? Was is daran verkehrt?« Er holte ein zerknittertes Stück Papier hervor und faltete es auseinander.
»Fünftausend Euro sind ja nach Adam Riese zweitausendfünfhundert Zweieurostücke«, begann uns der zahnlose Obdachlose vorzurechnen. »Ein Zweieurostück wiegt 8,5 Gramm. Das wären also 21,25, also sagen wa ma, etwa 21 Kilogramm. So viele Münzen mit so einem Gewicht passen niemals in diesen Automaten.«
Wir starrten ihn sprachlos an. Er faltete seinen Zettel wieder zusammen und ließ ihn in seiner Manteltasche verschwinden.
»Woher wissen Sie denn, wie viel ein Zweieurostück wiegt?«, fragte Marlene irgendwann.
»Das is überhaupt nich die Frage«, raunte der seltsame Typ. »Die Frage is, woher kriege ich so ein Zweieurostück, um es in diesen Automaten zu werfen.«
Ich wusste nicht, ob ich ihm glauben sollte oder nicht. Aber ich griff in meine Hosentasche, holte das Zweieurostück hervor und hielt es ihm hin. Gerade als er danach greifen wollte, erschien ein bulliger Typ in der Tür.

»Was macht ihr denn hier?«, herrschte er uns an. »Hab ich dir nicht gesagt, du sollst dich hier nicht mehr blicken lassen, Alter? Hab ich es nicht schon mindestens hundertmal gesagt?«
Wütend starrte der Kneipenwirt den Obdachlosen an. »Verschwinde, du vergraulst mir die Gäste!«
Ich sah, dass der lumpige Mann zusammenzuckte und den Kopf einzog. Plötzlich tat er mir total leid.
»Und was wollt ihr hier?«, fragte der Kneipenwirt uns.
»Wir möchten gerne eine Cola trinken, bitte«, sagte Marlene und lächelte den aufgebrachten dicken Mann an.
Der blinzelte überrascht. »Soso, eine Cola. Kinder dürfen nicht in die Kneipe. Unter achtzehn Jahren kein Zutritt«, sagte er, allerdings schon nicht mehr ganz so wütend.
Dann kratzte er sich am Kopf, als müsste er über etwas Wichtiges entscheiden. »Hört zu«, fuhr er fort, »offiziell ist ja sowieso noch nicht offen. Und ich muss noch mal weg, in den Keller. Was Dringendes erledigen –«
In dem Moment unterbrach er sich selbst mit einem lauten Pups. Ich hätte beinahe gelacht, konnte mir aber noch schnell auf die Lippen beißen. Marlene verzog keine Miene, sondern lächelte den dicken Wirt freundlich an. Auch noch als uns eine furchtbare Gestankwolke einhüllte. Zumindest wussten wir jetzt, was der Dicke Dringendes zu erledigen hatte.
»Ähm …«, räusperte er sich. »Also, ich stell euch 'ne Cola hin, und ihr passt mir solange auf, dass niemand in die Kneipe

kommt, außer der Getränkelieferant. Auf den warte ich nämlich. Der zottelige Typ bleibt aber draußen. Alles klar?«

»Alles klar!«, sagten Marlene und ich wie aus einem Munde.

Der Obdachlose machte noch einige wilde Grimassen, die wohl bedeuten sollten, dass wir jetzt für sein Schicksal verantwortlich waren. Oder wollte er uns verschwörerisch zuzwinkern und konnte das auch nicht? Ich nickte ihm unauffällig zu. Wir wussten, was wir zu tun hatten.

Der Wirt knallte uns zwei kleine Colaflaschen auf den Tresen und rannte zur Treppe, die in den Keller führte.

»Das war wohl allerhöchste Eisenbahn«, sagte Marlene leise.

Als der Wirt verschwunden war, gingen wir zu dem blinkenden Automaten. Wir hatten keine Zeit zu verlieren.

»Glücksspiel ist ja eigentlich für Kinder verboten«, sagte Marlene.

»Mann, Marlene! Hier geht es doch gar nicht um Glück oder Spiel. Wir müssen herausfinden, ob sich hier eine Unwahrscheinlichkeit breitgemacht hat, die man beobachten muss.«

Marlene zwirbelte nachdenklich ihren Zopf. Dann nickte sie.

»Und wenn der arme Kerl dabei ein bisschen reich wird und sich neue Zähne kaufen kann, dann ist das ja ganz schön.«

Wir kamen beide nicht einmal auf die Idee, dass wir ebenfalls reich werden könnten.

Ich warf die Münze in den Geldschlitz. Der Automat klingelte und piepte. Auf dem Display erschienen verschiedene Spielvorschläge.

»Und nun?«, fragte Marlene.
»Such ein Spiel aus.«
Marlene berührte das Bild mit einem Äffchen im Dschungel. Der Bildschirm veränderte sich und zeigte jetzt drei Reihen mit jeweils fünf unterschiedlichen Dschungeltieren an. Marlene drückte auf *Start*. Die Symbole begannen sich zu drehen. Mit einem *Pling!* blieben die Bilder nacheinander stehen. Nun zeigte jedes dasselbe Äffchen. Der Automat begann wie verrückt zu klingeln und zu blinken.
»Wir haben gewonnen!«, rief ich.
»Eigentlich haben wir den Jackpot geknackt«, flüsterte Marlene.
In dem Moment begannen Zweieuromünzen in einen Schacht im Automaten zu fallen. Eine Weile starrten wir auf das klappernde Schauspiel. Dann war der Schacht voll, die Münzen quollen über und fielen klackernd auf den Holzboden der Kneipe.
»Auweia! Wie viel haben wir denn gewonnen?«, fragte Marlene.
Ich deutete auf eine blinkende Zahl zwischen lauter explodierenden Raketen auf dem Bildschirm. »Einhunderttausend Euro«, murmelte ich erschüttert. »Das sind fünfzigtausend Münzen.«
Fünfzigtausend Geldstücke, die vor unseren Augen aus dem Automaten fielen, die da drinnen aber niemals im Leben Platz gehabt haben konnten!

»Vierhundertfünfundzwanzig Kilo«, raunte ich. »Die kann der Obdachlose nicht wegtragen.«
»Wo ist der überhaupt?«, fragte Marlene.
Wir schauten aus der Tür in die Hofeinfahrt. Keine Spur von dem zerzausten Mann im Mantel.
»Er ist weg«, stellte ich fest.
»Wir sollten auch lieber verschwinden«, sagte Marlene, während die Münzen weiter und weiter aus dem Schacht fielen und der Automat wie verrückt klingelte. »Das hier ist alles voll verboten.«
»Und verdammt unwahrscheinlich«, murmelte ich.
Marlene holte einen Beutel aus ihrer Umhängetasche. »Wir können dem Obdachlosen ja wenigstens einen Teil der Beute mitbringen«, sagte sie.
Wir schnappten uns zwei leere Gläser und schaufelten damit zum Geklingel des Automaten den Beutel voller Münzen. Als er so schwer war, dass ich schon befürchtete, die Träger würden abreißen, nahm jeder einen davon, und wir verließen schwer schleppend die Kneipe. Gerade noch rechtzeitig, denn über das Münzklingeln und Automatenbimmeln hinweg, konnte ich den Wirt auf der Treppe hören.
»Jetzt haben wir ganz vergessen, unsere Cola zu bezahlen«, sagte Marlene auf der Straße.
Wir prusteten los. Dann schauten wir uns nach dem Obdachlosen um. Doch der blieb spurlos verschwunden.
»Was machen wir mit dem Sack voller Geld?«, fragte ich. »Wir

können ihn ja nicht hier rumstehen lassen, damit der Typ ihn irgendwann selbst abholt.«

»Den bringen wir erst mal zu dir«, sagte Marlene. »Wenn wir den Typen später irgendwo sehen, können wir das Geld schnell holen.«

Also schleppten wir den klingelnden Sack in mein Zimmer und versteckten ihn im Schrank. Dass ihn meine Eltern oder Opo finden würden, war unwahrscheinlich, also tatsächlich unwahrscheinlich. Die respektieren nämlich alle drei, dass hinter der Tür mein persönliches Reich beginnt. Dafür muss ich mein Zimmer allerdings alleine aufräumen, meine Wäsche einsortieren, einmal in der Woche Staub saugen und alle vier Wochen mein Bett frisch beziehen. Aber das ist mir meine Freiheit wert. In mein Zimmer darf nur, wer eingeladen ist.

5. Papierkugelwurfgeschoss

Genauso verborgen wie der Geldsack war allerdings auch der Obdachlose. Wir suchten ihn tagelang und begannen sogar, Nachbarn und Passanten nach ihm zu fragen, aber kaum einer kannte ihn, und niemand hatte ihn gesehen. Auch die Kneipe blieb seit dem Tag, an dem wir den münzspeienden Automaten zurückgelassen hatten, geschlossen. Der Wirt hatte bestimmt anderes zu tun, als Gästen Getränke auszuschenken. Geld zählen zum Beispiel.

»Ich glaube, wir sind unverhofft zu glücklichen Besitzern eines Sacks voller Zweieurostücke geworden«, sagte ich am Samstagnachmittag, nachdem wir den Obdachlosen fünf Tage lang vergeblich gesucht hatten.

»Wollen wir uns zur Feier des Tages ein Eis kaufen?«, fragte Marlene und zwirbelte ihren Zopf.

»Das ist eine sehr gute Idee«, sagte ich grinsend.

Die Schulstunden der ganzen Woche hatten sich öde dahingeschleppt. Ich fand, ein Eis war die gerechte Belohnung dafür, dass wir trotzdem hingegangen waren.

Bis auf Deutsch bei Frau Wolfert machte mir eigentlich kein Fach großen Spaß. Am schlimmsten fand ich Französisch. Ich hatte beschlossen, dass dies mein Fünferfach werden würde. Eines hatte ich frei, solange ich es ausgleichen konnte. In Mathe hatte ich immer eine Zwei. Das sollte genügen.

Am Sonntagabend verkündete ich diesen Beschluss meiner Familie am Abendbrottisch.

»Ich finde das keine gute Idee«, sagte Mama. Sie kräuselte die Lippen, wie sie es immer macht, wenn ihr etwas nicht gefällt.

»Also, man kann doch nicht schon im Vorfeld sagen, Französisch wird mein Fünferfach.«

»Man vielleicht nicht, aber Anton kann das«, brummte Opo.

Opo war mal wieder bei uns, weil er ein klitzekleines Päuschen von Tante Uli brauchte, mit der er alle anderen Abende seit der Preisverleihung im Institut verbracht hatte. »Jeden Abend Yoga und Sushi, das haut den stärksten Seemann um«, hatte er mir zugeraunt. »Trotzdem ist sie ein dolles Weib. Ganz famos, Anton, ganz famos.«

»Du findest das also auch noch gut?«, fragte Mama empört, während sich Opo ein Brot dick mit Gehacktem belegte.

»Nicht ich, aber die Schulpsychologin«, antwortete er.

»Eben«, sagte ich. Denn so war es gewesen. Vor den Ferien

hatte ich zur Beratung ins Schulamt gemusst. Die Frau dort ist supernett gewesen. Sie hat ganz sachlich mit mir meine Schulkarriere besprochen. Demnach soll ich mich ins Zeug legen, wenn mir die Fächer gut gefallen. Und in den anderen soll ich einfach nicht hängenbleiben. Ein Fünferfach ist erlaubt, der Rest müssen Vierer sein. Und schließlich noch die Eins in meinem Lieblingsfach und die Zwei in Mathe. So kann gar nichts passieren. Ich hatte es der Schulpsychologin versprochen.

»Vater hat recht, mein Schatz. Wir können Anton nicht zur Hochbegabtenberatung schleppen und anschließend die Tipps der Psychologin in Frage stellen«, sagte Paps.

Er legte seine Hand auf Mamas und streichelte mit dem Daumen ihren Handrücken. Ich weiß, dass er sie so beruhigen möchte, ohne dass ich es merke. Meine Eltern sind manchmal echt süß.

»Eben«, sagte Opo und biss genüsslich in sein Gehacktesbrot.

»Gibt es sonst etwas Neues?«, fragte Paps.

Er schaute mich aufmerksam an. Es ist schwer, ihm etwas vorzumachen.

»Nö, eigentlich nicht«, antwortete ich.

Obwohl das natürlich nicht ganz ehrlich war, denn Marlene und ich waren ja seit neuestem Besitzer unglaublicher Reichtümer, zumindest eines ganzen Beutels voller Zweieurostücke. Ich biss ebenfalls in mein Brot, das war allerdings ohne Gehacktes und stattdessen mit Schinken belegt.

Und dann war da noch etwas. *Nur nicht paranoid werden* war in der letzten Woche Marlenes und mein Spruch geworden, den wir uns ständig zuraunten. Leider half er nicht ganz so viel. Denn entweder wurden wir es langsam, aber sicher doch, oder es war tatsächlich irgendetwas äußerst Seltsames los. Ständig hatte einer von uns beiden nämlich das Gefühl, dass er beobachtet wurde. Immer wieder drehten wir uns um. Doch niemals sahen wir jemanden oder irgendetwas Ungewöhnliches.

»Marlene, ich glaube wir sind von dem Wochenende im Paralleluniversum traumatisiert«, sagte ich später am Abend in den Telefonhörer und zog mir meine gemütliche Decke über den Kopf.

»Meinst du, wir brauchen Hilfe?«, wisperte Marlene aufgeregt. »Psychologische? Eine Therapie oder so etwas?«

»Nee, das glaube ich nicht. Aber wir müssen uns irgendwie wieder beruhigen.«

»Mhm«, machte Marlene, und ich wusste, dass sie ihren Zopf propellerte.

»Wir müssen uns auch überlegen, was wir mit dem Geld machen«, sagte ich.

»Könnte ich am Montag davon das *Workbook* für Englisch und das *Cahier d'activité* für Französisch kaufen? Dann müsste ich meine Mama nicht um Geld bitten«, sagte Marlene ganz leise.

»Na, logisch!«, rief ich ein bisschen zu laut.

Solange Marlenes Vater keine Arbeit hatte, stand es ganz schön klamm um die Finanzen der Familie Müller. Ich wusste aber, dass Marlene niemals den ganzen Geldsack für sich und ihre Familie annehmen würde. Also musste ich irgendwie anders dafür sorgen, dass hauptsächlich Marlene das Geld zugutekam.

»Wo bist du denn?«, fragte sie. »Du klingst so komisch.«

»Im Bett. Unter meiner Decke«, sagte ich.

»Ich ziehe mir auch gerne die Decke über den Kopf«, sagte Marlene. »Ist fast wie in einer anderen Welt, oder? Obwohl ich davon ja eigentlich gerade genug habe.«

Am darauffolgenden Montag hatten wir in der sechsten Stunde Biologie. Die dicke Biolehrerin war mir nicht geheuer. Sie hatte gleich in der ersten Stunde damit gedroht, dass sie sich auf Störenfriede setzen würde. Ich war mir nicht sicher, ob sie das ernst gemeint hatte. Ich war mir allerdings sehr sicher, dass niemand von uns das überleben würde. Nicht einmal Tim, obwohl er der Größte und auch Stärkste von uns war. Aber den würde es wohl zuerst erwischen. Zumindest konnte Frau Jennick ihn nicht leiden. Das merkten wir alle. Dabei war Tim echt nett und gab im Unterricht kluge Antworten. Er hatte einfach zu viel Energie und zappelte immer herum. Das war tatsächlich etwas nervig, aber doch hauptsächlich für ihn selbst. Tim war es allerdings egal, was Frau Jennick über ihn dachte. Seinem Kumpel Kaspar wiederum nicht. Der war selbst ziemlich laut und hatte sich ganz schnell zum Klas-

senclown nominiert. Aber Tim war sein Freund, und darum nahm er ihn in Schutz. So wie auch an diesem Morgen.
»Wer hat das Papier geworfen?«, schrie Frau Jennick, nachdem ihr dicker Hintern von einer Papierkugel getroffen worden war. Eine Antwort interessierte sie jedoch nicht, die hatte sie sich nämlich schon vorher zurechtgelegt. Darum baute sie sich in all ihrer Leibesfülle vor Tim auf. Der hatte die Papierkugel tatsächlich geworfen. Erst hatte er auf den Papierkorb in der Ecke gezielt, aber dann kurz vor dem Loslassen doch noch auf den Hintern der dicken Biologielehrerin geschwenkt. Der Wurf war perfekt gelandet, was allerdings bei der enormen Größe des Ziels nicht besonders unwahrscheinlich gewesen war.
»Ich war das«, sagte Kaspar und stand auf.
Verwirrt drehte sich Frau Jennick zu ihm um. »Erzähl doch keinen Unsinn«, schnaubte sie unwillig. »Und setz dich wieder hin.«
»Das ist kein Unsinn«, sagte Kaspar. »Ich war das wirklich.«
»Das stimmt nicht«, sagte Tim. »Ich habe die Papierkugel geworfen.«
Bevor ich über irgendetwas nachgedacht hatte, war ich ebenfalls von meinem Stuhl gesprungen.
»Frau Jennick, ich habe die Papierkugel geworfen. Es tut mir leid«, sagte ich. »Eigentlich hatte ich auf den Papierkorb gezielt, aber dann ist das Papier wohl in meiner Hand kleben geblieben und –«
Ein leises Ächzen von Marlene unterbrach mich.

Höchstwahrscheinlich war die ganze Aktion eine Übersprunghandlung, die ich machte, weil ich zwischen zwei Bedürfnissen total hin- und hergerissen wurde. Denn eigentlich wollte ich weder neuen Ärger mit dem Schulleiter noch dass sich die dicke Frau Jennick auf mich draufsetzte. Andererseits fand ich es supergemein, dass die Jennick Tim sofort beschuldigte, obwohl sie gar keine Beweise hatte. Dass sie trotzdem recht hatte, war reiner Zufall.

»Ruhe!«, donnerte unsere Biologielehrerin.

Da stand Marlene auch noch auf. Jeder, der sie kannte, konnte sehen, dass sie gleich lügen würde, denn sie propellerte ihren Zopf so schnell, als wollte sie damit Windenergie erzeugen.

»Du brauchst mich nicht in Schutz zu nehmen, Anton. Ich habe das Papier geworfen«, sagte sie.

Vor uns brach irgendwer in Lachen aus. Schließlich standen drei weitere Kinder auf, die behaupteten, das Papier auf Frau Jennicks dicken Po geworfen zu haben. Frau Jennick raste wutschnaubend zur Tür hinaus und den Flur entlang in Richtung Schulleiterbüro. Einige Kinder klatschten Beifall, und wir setzten uns alle wieder hin.

Als Frau Jennick zurückkam, war ihr Kopf nicht mehr ganz so lila, und der Lautsprecher über der Tafel knackte.

»Achtung, eine Durchsage: Tim Schneider und Kaspar Schwalb aus der 5a sofort ins Büro des Schulleiters.«

Die beiden standen auf, gingen hinaus und kamen bis zum Ende der sechsten Stunde nicht wieder zurück.

»Marlene! Anton! Ihr tragt die Ranzen eurer Klassenkameraden ins Sekretariat«, bestimmte Frau Jennick.

Ich hoffte, dort Weiteres zu erfahren. Aber die Sekretärin bedeutete uns, die Ranzen abzulegen und zu verschwinden.

»Hoffentlich ist ihnen nichts passiert«, murmelte ich im Gang.

»Anton, was soll ihnen denn passiert sein?«, wisperte Marlene erschrocken.

»Ich weiß es auch nicht. Ich habe so ein komisches Gefühl«, sagte ich.

»Nur nicht paranoid werden«, flüsterte Marlene.

Ich nickte.

»Trotzdem. Sie ist eine blöde Ziege«, schimpfte Marlene.

»Damit tust du jeder echten Ziege unrecht«, sagte ich.

Marlene kicherte. »Stimmt. Keine Ziege hat es verdient, mit der dicken Jennick verglichen zu werden.«

Das vorgekochte Mittagessen bei mir zu Hause ließen wir stehen, das konnten wir zum Abendbrot essen. Stattdessen schmierten Marlene und ich uns Nutellabrote und machten ratzfatz unsere Hausaufgaben.

Dann wurde es Zeit, noch einmal gründlich nach einer Lösung für das Problem Geldsack zu suchen. Wir öffneten die Tür meines Kleiderschranks und starrten das Problem an.

»Was machen wir denn mit dem Rest, wenn wir die Arbeitshefte gekauft haben?«, fragte Marlene.

»Dieser Rest ist eine Menge Geld, die können wir nicht komplett in Eiskugeln umsetzen«, sagte ich.
»Auf keinen Fall«, sagte Marlene. »Außerdem gehört uns das Geld nicht. Also nicht wirklich.«
»Na ja, es sind meine zwei Euro gewesen, mit denen wir alles gewonnen haben«, warf ich ein.
»Das hätten wir aber nicht gedurft. Wir haben es nur getan, um nach der Unwahrscheinlichkeit zu suchen und um dem Obdachlosen ein Gebiss kaufen zu können«, sagte Marlene heftig.
»Wieso denn ein Gebiss?«, fragte ich. Daran hatte ich eigentlich noch keine Sekunde gedacht.
»Oder was immer er sich für das Geld eben kaufen wollte«, sagte Marlene.
»Das er nun aber gar nicht haben will«, sagte ich.
»Stimmt«, sagte Marlene.
»Wir können es auch nicht unseren Eltern geben. Meine Eltern würden echt ausrasten, wenn sie wüssten, dass ich an einem Glücksspielautomaten in einer Kneipe gespielt habe.« Bei Opo war ich mir nicht so sicher, wollte aber auch nichts riskieren. »Wir könnten es jedoch sinnvoll benutzen und alle unsere Schulsachen davon kaufen«, schlug ich vor.
»Neue Hallenturnschuhe und den Zeichenblock zum Beispiel«, murmelte Marlene. »Einen Füller habe ich auch noch nicht. Und die Wandertage und Ausflüge. Die kosten doch so viel, und immer musste ich so tun, als sei ich krank gewesen,

weil es meinem Vater peinlich war, dass wir dafür kein Geld übrig hatten.« Marlenes Stimme war immer leiser geworden. Das Ganze schien ihr wirklich sehr peinlich zu sein. Sogar vor mir.

»Na, dann ist doch alles geritzt«, sagte ich schnell. »Wir bezahlen davon einfach alles, was wir in diesem Jahr für die Schule brauchen. Wir sollten die Münzen allerdings irgendwo eintauschen. Wir können doch nicht immer und überall mit Zweieurostücken bezahlen.«

»Das kann man in der Bank machen«, sagte Marlene.

»Abgemacht. Dann holen wir nachher erst mal die Arbeitshefte für Englisch und Franz. Aber als Allererstes kaufen wir uns *Marvel Super Heroes*.«

»Einen Comic?«, fragte Marlene.

»Nee, ein Spiel für meine PS4. Das können wir zusammen spielen. Es wird dir bestimmt Spaß machen.«

Marlene zwirbelte ihren Zopf. »Meinst du, es ist in Ordnung, wenn wir uns von dem Glücksspielgeld ein Spiel für die Playstation kaufen?«, fragte sie zweifelnd.

»Aber hallo!«, rief ich. »Natürlich ist das in Ordnung. Immerhin haben wir ja irgendwie die Welt gerettet, da können wir uns wenigstens eine kleine Belohnung erlauben, wenn wir schon nicht mit großem Tamtam von irgendeinem globalen Rat geehrt werden.«

6. Das Moosbüschel aus dem Paralleluniversum

Am nächsten Morgen war Kaspar nicht in der Schule, und Tim wusste auch nicht, wieso. Der Schulleiter hatte sie gestern beide zusammengestaucht, und Kaspars Eltern waren noch am Nachmittag zum Elterngespräch gekommen.

»Meine Mutter hatte zum Glück keine Zeit«, sagte Tim.

Ich hatte einen Moment lang ein beunruhigendes Gefühl, das ich selbst nicht verstand.

Außerdem hatte Marlene auf dem Schulweg das Moostierchen aus dem Paralleluniversum gefunden.

»Wo hast du es entdeckt?«, fragte ich aufgeregt.

Marlene hatte es in ihre Brotdose gelegt, und wir starrten beide hinein. Das Moosbüschel schien zu schlafen, denn es bewegte sich nicht. Ich hielt mein Ohr ganz dicht über die Dose. Es war aber nichts zu hören.

»Es lief vor unserem Haus über die Straße«, sagte Marlene. »Ich richte ihm in meinem Zimmer ein Terrarium ein.«

»Ich helfe dir, wenn du magst.«
»Gerne«, freute sich Marlene.

Am Nachmittag klingelte ich an ihrer Tür. Ich war vorher noch nie in ihrer Wohnung gewesen. Nachdem sie mir geöffnet hatte, legte Marlene einen Finger an die Lippen und führte mich schnell durchs Wohnzimmer. Dort lag ihr Vater auf der Couch und schnarchte.
»Es ist hier nicht so schön wie bei euch«, sagte sie entschuldigend und schloss die Zimmertür hinter uns.
»Quatsch«, sagte ich. »Deine Eltern haben nur einen anderen Geschmack als meine.«
»Ist schon okay«, murmelte Marlene. »Ich weiß selbst, dass wir keine Bilder an der Wand und keine Bücher im Regal haben, dass unser Sofa hässlich und der Fernseher zu groß ist.«
Ich merkte, dass sie darüber nicht länger sprechen wollte, und wechselte schnell das Thema.
»Das ist also dein Zimmer, was?«
»Nein, das ist Luisas und mein Zimmer. Wir müssen es uns teilen«, sagte Marlene. »Oder denkst du, ich hätte eine gespaltene Persönlichkeit? Eine bunte und eine dunkle Seite?«
Meine Frage kam mir in dem Moment total doof vor. Denn wie mit dem Lineal gezogen, gab es eine Linie mitten durch das Zimmer. Auf der einen Seite standen ein Bett mit bunten Kissen darauf, ein aufgeräumter Schreibtisch, ein hölzerner

Schrank und ein Regal, aus dem die Bücher herausquollen. Auf der anderen Seite war alles schwarz. Eine schwarzbezogene Matratze mit schwarzen Kissen, ein schwarzangesprühter Schrank und ein großer schwarzer Koffer standen auf einem schwarzen Teppich.

»Ganz schön schwarz«, sagte ich.

»Mhm«, machte Marlene.

»Hast du denn ein Aquarium oder irgendein Gefäß für das Moostierchen?«, fragte ich etwas unbeholfen.

»Klar. Moment mal«, rief Marlene und verschwand für einen Augenblick.

Als sie wieder zurückkam, hatte sie ein riesiges leeres Gurkenglas in den Händen.

»So ein großes Gurkenglas habe ich noch nie gesehen«, staunte ich.

»Mein Vater isst gerne Salzgurken«, erklärte Marlene und zuckte mit den Schultern.

»Aha«, machte ich.

Da mussten wir lachen, und die angespannte Stimmung war endlich verflogen.

»Luisa hatte ein Häschen, das leider vor einigen Monaten gestorben ist«, erzählte Marlene. Sie ging auf alle viere nieder und krabbelte unter ihr Bett. »Und darum haben wir hier noch Heu, Späne und ein kleines Holzhäuschen«, kam es dumpf unter dem Bett hervor.

Aus dem alten Häschenkram bauten wir dem Moostierchen

in dem riesigen Salzgurkenglas ein neues Zuhause. Als wir damit fertig waren, setzten wir das kleine Büschel dazu. Es sah aus, als fehlte nur noch der Bewohner in einem sehr gemütlichen Zuhause.

»Bist du sicher, dass es eines von denen ist?«, fragte ich.

Wir starrten auf das kleine Büschel, das nichts machte, außer ein kleines Büschel zu sein.

»Ganz sicher«, sagte Marlene. »Es ist vor mir über die Straße gelaufen. Auf seinen vier kurzen Beinchen. Nachdem es sich gerüttelt und geschüttelt und traurig geseufzt hatte. Erinnerst du dich?«

Klar erinnerte ich mich an diese seltsamen Bewohner des Paralleluniversums der Unwahrscheinlichkeiten.

»Hast du schon herausgefunden, ob und was es frisst?«, fragte ich. »Also, falls es das kann, so ohne Kopf und Maul, meine ich.«

»Nein«, sagte Marlene. »Vielleicht Würmer und Käfer. Oder Salat. Ein Stückchen Apfel. Oder so.«

Wir starrten weiter in das Glas. Nichts bewegte sich dort drinnen.

»Vielleicht frisst es ja gar nicht, so wie wir es kennen«, überlegte ich. »Vielleicht assimiliert es die Nahrung.«

»Was soll das denn sein?«, fragte Marlene.

»Es könnte sich auf ein Salatblatt oder eine Fliege legen und damit verschmelzen,« sagte ich.

»Iiiihh!«, machte Marlene.

Wir stellten eine kleine Schale mit Wasser in das Glas und legten noch ein Stückchen Apfel und drei tote Fliegen vom Fensterbrett dazu. Bevor wir jedoch prüfen konnten, ob das Moostierchen damit tatsächlich verschmelzen würde, kam Luisa ins Zimmer gestürmt. Sie knurrte uns kurz an. Ich versuchte, einen Blick auf ihr künstliches Ohr zu erhaschen. Ihr echtes hatte sie ja, ebenso wie ihren Zeigefinger, in der Parallelwelt verloren. Als Ersatz hatten ihr die Marvelhelden zwei Sets aus je einem schwarzen, einem silbernen und einem glitzernden Ohr und auch die entsprechenden Finger gegeben. Niemand außer uns wusste das. Doch Luisa wollte darüber nicht sprechen, auch nicht mit uns. Sie trug ihr Haar über den Ohren und enge Lederhandschuhe.
»Der Zwerg verschwindet, aber schnellstens, alles klar?«, brummte Luisa und ließ sich auf die Matratze fallen.
»Luisa! Das ist auch mein Zimmer«, rief Marlene empört. »Außerdem haben wir dir das Leben –«
»Ist schon okay«, lenkte ich schnell ein. »Wir können auch draußen ein bisschen rumlaufen, wenn du magst.«
»Für welches Viehzeug hast du dieses Glas hergerichtet?«, rief uns Luisa nach. »Für die toten Fliegen ja sicher nicht, oder?«

»Vielleicht solltest du noch etwas anderes Lebendiges mit hineinsetzen. Zur Tarnung«, sagte ich draußen. »Einen Salamander oder einen Molch.«

»Vielleicht frisst der das Büschel dann auf«, befürchtete Marlene.
»Das kann passieren. Vielleicht würde das Büschel aber auch um sein Leben kämpfen«, überlegte ich.
»Oder mit dem Salamander assimilieren, stell dir mal vor, das wäre dann ein Moossalamander«, sagte Marlene.
»Oder ein Lurchmoos.«
»Wenn wir nicht herausfinden, wie und was das Moosbüschel frisst, stirbt es sowieso«, sagte Marlene traurig.
»Denk dran, Marlene, die Marvelhelden haben gesagt, die Unwahrscheinlichkeiten können in unserer Welt nicht existieren«, erinnerte ich sie.
»Ich weiß«, sagte Marlene. »Aber ein wahrscheinliches Haustier darf ich ja leider nicht haben.«
Ich schaute sie von der Seite an. Marlene lächelte ein bisschen, und ich lächelte zurück.
»Luisa hat sich nicht so richtig um ihr Häschen gekümmert, und meine Eltern wurden sauer und haben alle zukünftigen Haustiere verboten.«
»Auch für dich?«, fragte ich empört.
»Mhm«, machte Marlene.
»Das ist ja gemein«, murmelte ich.
Wir liefen an der Kneipe vorbei. Wie in den letzten Tagen war sie geschlossen. Ganz automatisch suchten wir mit den Augen die Straße nach dem Obdachlosen ab. Auch das wie immer ohne Erfolg. Dann merkte ich, dass Marlene über ihre

Schulter zurückzuschauen begann und ihren Zopf immer schneller propellerte.

»Komm, wir gehen zu mir und spielen eine Runde an der Playstation«, schlug ich vor.

»Hab schon kapiert«, sagte Marlene lachend, »schnelle Rettung, bevor ich paranoid werde.«

»Du hast mal wieder erste Anzeichen gezeigt«, sagte ich, und Marlene boxte mir spielerisch auf den Arm.

In meiner Straße kamen uns einige Jungs entgegen.

»Das ist der Fanclub von Uwe Bommel«, murmelte Marlene. »Hoffentlich gibt es keinen Ärger.«

»Uwe Bommel ist ja nicht dabei. Ich glaube, ohne ihren Anführer wollen sie gar keinen Ärger«, sagte ich.

Außerdem sahen die Jungs bedrückt aus. Als wir an ihnen vorbeiliefen, rempelte mich trotzdem einer extra hart an.

»Entschuldige bitte«, sagte ich ein wenig spöttisch.

»Für so einen Scheiß haben wir keine Zeit«, brummte ein anderer.

Die Jungs liefen weiter. Ich kannte ihre Namen nicht. Nur den vom Kleinsten. Der hieß Kai.

Kai drehte sich noch einmal nach uns um. »Uwe ist nämlich spurlos verschwunden«, rief er. »Schon seit gestern.«

Da hatte ich plötzlich wieder das beunruhigende Gefühl im Bauch.

Später am Abend lag ich im Bett und las ein Buch. Ich hörte Mama, Paps, Opo und Tante Uli im Wohnzimmer plaudern und lachen. Ich mag es, wenn alle da sind, dann fühle ich mich wohl und geborgen. Es klopfte an die Tür.
»Herein!«, rief ich.
Opo betrat mein Zimmer und setzte sich auf die Bettkante. Ich legte mein Buch zur Seite und schaute ihn erwartungsvoll an.
»Als Kind dachte ich ja, dass das Männchen Amsel heißt und das Weibchen Drossel«, sagte Opo nach einer Weile voller Räuspern.
»Aha«, sagte ich und wartete, was da noch kommen würde. Ganz sicher war Opo nicht in mein Zimmer getreten, um mit mir über die heimischen Vogelarten zu reden. Opo strich meine Decke glatt.
»Das ist natürlich Unsinn. Die Amsel ist eine Art der Drossel, und es gibt Amselmännchen und Amselweibchen, wobei das Weibchen den echten Drosseln von der Gefiederfarbe her sehr ähnlich sieht. Hast du das gewusst, Anton?«
»Ja, Opo, das hast du mir schon vor einigen Jahren mal erklärt.«
Opo nickte und räusperte sich noch einmal. »Nun, dann wusstest du das also schon.«
»Ja, Opo«, sagte ich.
Er räusperte sich ein drittes Mal und strich immer noch auf meiner Decke herum, obwohl die nicht noch glatter werden konnte.

»Du wirst nicht wieder gehen, bevor ich dir alles erzählt habe, oder?«, fragte ich schließlich.
»Nein, das werde ich nicht«, sagte Opo. »Ich merke doch, dass da irgendetwas im Busch ist.«
Also erzählte ich ihm alles. Na ja, nicht wirklich alles. Nicht vom wahren Institut der Zukunft und auch nicht vom Paralleluniversum. Ich hätte das gerne getan, aber ich wusste, dass selbst Opo damit überfordert gewesen wäre und mir einfach nicht geglaubt hätte. Ich erzählte ihm aber von dem Obdachlosen und vom großen Geldsack in meinem Schrank, von dem komischen Gefühl, ständig beobachtet zu werden, und dass nicht nur Kaspar, sondern auch Uwe Bommel verschwunden war.
»Ich weiß, das ist total paranoid«, sagte ich. »Wahrscheinlich ist Uwe Bommel einfach krank, und vielleicht ist Kaspars Oma gestorben und sie sind zur Beerdigung … ähm, entschuldige bitte, Opo.«
»Ist schon gut, Anton«, beruhigte er mich. »Es muss ja immer der Teufel was los sein, damit ihr mal nicht in die Schule müsst. Schönes Wetter und Wanderlust zählen leider nicht.«
»Nee, Opo, so was zählt nicht.« Ich musste lachen. Doch dann wurde ich wieder ernst. »Ich wollte Mama und Paps nicht beunruhigen, weißt du? Es ist ja sowieso Quatsch, sich deswegen so verrückt zu machen.«
Opo schaute mich ernst an. »Anton, so ein Bauchgefühl ist wichtig. Man sollte darauf hören, denn meistens hat es damit

irgendeine Bewandtnis. Vielleicht fragst du morgen einfach mal nach, wo die beiden abgeblieben sind. Dann weißt du wenigstens Bescheid und musst dir keine Sorgen mehr machen. Aufmerksamkeit sich selbst und anderen gegenüber ist etwas sehr Gutes.« Er strich mir über den Kopf. »Und nun träum etwas Schönes.«

»Du auch, Opo«, sagte ich.

Da grinste er mich verschmitzt an. »Oh, das werde ich, sobald ich ins Bett gehe.«

»Vielleicht von der großen Dame mit einem goldenen Turban, die gerade so fröhlich im Wohnzimmer lacht?«, fragte ich und grinste zurück.

»Genau von dieser feinen Frau werde ich träumen«, sagte Opo.

Ich hatte vorher nicht gewusst, dass sich Opas und Omas oder eben Tanten auch noch verlieben können. Aber Opo war ganz eindeutig verliebt. Die Liebe hatte wohl nichts mit dem Alter zu tun.

Bevor er mein Zimmer verließ, drehte sich Opo noch einmal um und deutete auf meinen Schrank. »Um die Münzen werde ich mich kümmern. Es ist eine sehr schöne Idee, die Schulsachen für Marlene und für dich davon zu kaufen. Aber das mit den Zweieurostücken ist wirklich unpraktisch. Wo war übrigens noch mal diese Kneipe mit dem Automaten?«

»Mensch, Opo!«, sagte ich. »Die ist sowieso seitdem geschlossen.«

7. Ärger in der Schule

Am nächsten Tag bog ich vor der ersten Stunde Richtung Lehrerzimmer ab. Dort fragte ich nach Uwe Bommel. Leider war sein Klassenlehrer nicht da, so dass ich nichts in Erfahrung bringen konnte. Frau Wolfert lief mit mir zu unserem Klassenraum.

»Wissen Sie, was mit Kaspar los ist?«, fragte ich. »Tim hat mir vorhin auf der Treppe gesagt, dass er heute wieder nicht da ist.«

»Ich habe zwar noch keine Entschuldigung oder ein Attest von Kaspars Eltern bekommen, aber so etwas muss man nicht vor dem dritten Fehltag abgeben. Kaspar fehlt ja heute erst zum zweiten Mal. Ich glaube nicht, dass du dir Sorgen um ihn machen musst«, sagte sie und lächelte mich an.

Ihre Worte und ihr Lächeln konnten mich jedoch nicht wirklich beruhigen. Wegen meines Bauchgefühls. Und weil Tim mir erzählt hatte, dass er gestern bestimmt zwanzigmal bei Kaspar angerufen hatte, aber nie jemand rangegangen war.

Darum konnte ich dem Unterricht nicht so gut folgen und starrte die ganze Zeit aus dem Fenster in den Baum.

»Anton, was ist los?«, fragte mich Marlene in der kleinen Pause zwischen der ersten und der zweiten Stunde.

»Ich habe einen ganz schlimmen paranoiden Anfall. Ich möchte dich damit aber auf keinen Fall anstecken«, antwortete ich.

»Wenn es hilft, darfst du das aber machen«, sagte Marlene.

»Danke, das ist sehr lieb von dir«, sagte ich. »Ich muss aber erst noch etwas über die ganze Sache grübeln.«

In der zweiten Stunde hatten wir Physik bei Herrn Kux. Herr Kux ist eine traurige Gestalt. Er lässt immer die Schultern hängen, hat ganz schlimmen Mundgeruch und ist ziemlich piepsig. Er sieht aus, als ob er sich in seinem eigenen Leben nicht wohl fühlt. Außerdem scheint er sich nicht zu trauen, laut zu sprechen. Heute hörte ich ihn vor lauter Gedanken überhaupt nicht.

Irgendwann wurde mir jedoch klar, dass dieses Im-Kreisherum-Grübeln gar keinen Sinn hatte, außer dass ich davon ein schreckliches Fußkribbeln bekam und nicht hören konnte, was Herr Kux über die Physik erzählte.

»Das ist doch alles totaler Blödsinn!«, sagte ich dann leider laut, obwohl ich das nur denken wollte.

»Auweia!«, rief eines der Mädchen, und Marlene starrte mich mit schreckgeweiteten Augen an.

Erst da merkte ich, dass Herr Kux genau vor mir stand und mir offenbar gerade eine Frage gestellt hatte. Meine Worte musste er als Antwort verstanden haben. Eigentlich hätte ich erwartet, dass er nun den Kopf noch etwas mehr einziehen und zu seinem Platz zurückschleichen würde. Doch überraschenderweise wurde er rot vor Wut. Und dann erfuhren wir alle, dass Herr Kux sehr wohl richtig laut sein konnte. Und wahnsinnig ungerecht.

»Anton! Welch eine unglaubliche Unverschämtheit!«, schrie unser Physiklehrer. »So etwas Unerhörtes ist mir ja überhaupt noch nie passiert!«

Ich fand, dass er maßlos übertrieb mit seinem Wutanfall. Ich merkte aber, dass es gerade nicht helfen würde, Herrn Kux zu erklären, dass ich weder ihn noch seine heißgeliebte Physik gemeint hatte. Allerdings hatte ich nicht geahnt, dass er mich sofort am Arm schnappen und zum Büro des Schulleiters schleppen würde.

»Herr Kux, bitte, so war das nicht gemeint. Herr Kux, Sie tun mir weh! Herr Kux, bitte hören Sie mir zu«, rief ich darum, während ich hinter ihm her stolperte. Aber der aufgebrachte Herr Kux hörte mir nicht zu.

Der Schulleiter sah aus, als müsste er sich ein böses Grinsen verkneifen, nachdem Herr Kux sich über mich ausgelassen hatte. Außerdem rieb er sich die Hände. *So etwas bedeutet nie etwas Gutes*, dachte ich. Prompt griff der Schulleiter zum Telefon.

»Rufen Sie etwa meine Mutter an, bevor ich etwas zu dem Vorfall sagen kann?«, fragte ich.

Mamas Handynummer war die erste auf meinem Notfallzettel.

Der Schulleiter nickte. »Der Vorfall ist völlig klar und bedarf deiner weiteren Ausflüchte nicht.«

Ausflüchte? Beinahe wäre ich geplatzt. Doch mühsam schluckte ich meinen Ärger hinunter, denn ich wollte nicht, dass Mama im neuen Büro gestört wurde.

»Muss das denn sein?«, fragte ich also möglichst ruhig.

»Ich hatte dich gewarnt, dass ich keinen weiteren Vorfall duld– Ah, guten Tag, Frau Kramer«, schleimte der Direktor mit falscher Freundlichkeit in den Hörer. Dann tischte er Mama eine Geschichte auf, bei der ich definitiv nicht dabei gewesen war.

»Gut, dann sehe ich Sie in dreißig Minuten. Und bringen Sie am besten Ihren Mann mit.«

Oh, verdammt! Paps konnte erst recht nicht mal eben aus seiner Arztpraxis verschwinden.

»Ähm.« Herr Kux räusperte sich neben mir, als der Schulleiter mit einem zufriedenen Gesichtsausdruck wieder aufgelegt hatte. Seine ganze Wut schien verraucht zu sein, und seine hängenden Schultern schleiften beinahe am Boden. »Also, so wie Sie das da eben am Telefon darstellten, war es ja eigentlich nicht«, piepste er kaum hörbar. »Also, nicht genau so.«

Mann, war das ein Lauch!

»Was möchten Sie mir denn da unterstellen, mein lieber Herr Kux?«, fragte der Schulleiter mit seinem fiesen breiten Grinsen und einem drohenden Unterton.

»Nichts, gar nichts, Herr Direktor«, fispelte mein Physiklehrer und senkte den Kopf noch tiefer.

Wenn das so weiterging, würde er wahrscheinlich gleich zu einem kümmerlichen Häufchen schrumpfen. Beinahe hätte er mir leidgetan. Aber nicht unter diesen Umständen.

»Herr Kux!«, rief ich. »Das können Sie doch nicht zulassen!« Am liebsten hätte ich ihn geschüttelt.

»Ich glaube, Herr Kux muss jetzt ganz schnell zurück in seine Klasse«, ließ sich der Schulleiter zufrieden vernehmen. »Nicht, dass es dort noch Probleme wegen vernachlässigter Aufsichtspflicht gibt, nicht wahr, Herr Kux?«

»Natürlich, Herr Direktor.«

Der Schulleiter trat einen Schritt näher an Herrn Kux heran und zischte ihm etwas ins Ohr. Ich konnte es trotzdem hören. Verstanden habe ich es allerdings erst viel später.

»Wir sehen uns nachher im Keller, Kux. Und wie immer werde ich gewinnen. Aber das wissen Sie ja, nicht wahr?«

Ich musste im Sekretariat warten, bis meine Eltern kamen. Am liebsten hätte ich vor Wut geschrien oder irgendwo gegengetreten. Doch sobald ich nur mal etwas heftiger atmete, blickte mich die Sekretärin mit einem unangenehmen *Tststs* über den Rand ihrer Lesebrille hinweg an.

Irgendwann ging die Tür auf, und Mama und Paps kamen herein. Mama nahm mich kurz in die Arme.

»Mama, er hat gelogen, so war es nicht«, flüsterte ich in ihr Ohr.

Sie zupfte Paps am Arm und warf ihm einen bedeutungsschwangeren Blick zu. Paps seufzte.

»Wie letztes Mal?«, raunte er.

Vor dem letzten Elterngespräch hatte Paps gefragt, ob ich auf der Schule bleiben wollte. Meine Eltern waren sich nicht mehr so sicher gewesen, ob ein Schulleiter, dem die Auszeichnung *Heiterste Schule des ganzen Landes* wichtiger war als die einzelnen Schüler, tatsächlich eine gute Wahl gewesen war. Wegen Marlene wollte ich aber bleiben. Darum hatten wir zu dritt beschlossen, zu nicken, zu lächeln und die Wogen zu glätten.

Ich nickte. »Wie letztes Mal.«

Mama seufzte.

»Wegen Marlene«, fügte ich hinzu.

»Bitte kommen Sie doch herein«, schleimte der Schulleiter und öffnete einladend die Tür zum Schafott oder wie er sein Büro sonst nannte.

Als wir saßen, tischte er meinen Eltern eine ungeheuerliche Geschichte auf, in der ich auf niederträchtige Weise meinen Physiklehrer beleidigt haben sollte.

»Das stimmt ja alles gar nicht!«, rief ich. »Und das hat Herr Kux Ihnen so auch gar nicht erzählt.«
»Ist denn der Kollege anwesend und kann dazu Stellung nehmen?«, fragte Paps.
»Der Kollege«, sagte der Schulleiter gedehnt, »hat einen Job zu erledigen.«
»Das hätte ich eigentlich auch«, zischte Mama.
Da nahm Paps schnell Mamas Hand, Mama nahm meine, und dann lächelten wir alle drei. Zumindest hatten wir es so vor drei Wochen gemacht. Dieses Mal wollte es uns nicht so recht gelingen.
»Vielleicht sollten Sie sich einmal überlegen, ob Anton auf unserer Schule richtig ist«, sagte der Schulleiter.
»Ja, das sollten wir wirklich noch einmal genau überlegen«, sagte Mama scharf.
Ich dachte an Marlene. Dann schluckte ich all meine Wut hinunter und stand auf. »Ich möchte gerne hier auf der Schule bleiben. Und ich werde mich bei Herrn Kux entschuldigen.«
»Nun, das wird nicht allein deine Entscheidung sein«, ätzte der Schulleiter. Dann rückte er einige Zettel auf seinem Schreibtisch zurecht. »Ich werde mir die Sache noch einmal durch den Kopf gehen lassen und Ihnen dann meine Entscheidung mitteilen«, fügte er gönnerhaft hinzu. Mann, war der eklig! »Es gäbe allerdings noch eine andere Möglichkeit –«
»Moment mal, wie meinen Sie denn das?«, fuhr Paps ärgerlich dazwischen. »Selbst wenn mein Sohn sich danebenbenom-

men haben sollte, gibt es, soweit ich weiß, ein offizielles Prozedere. Sie können nicht eigenmächtig irgendeine Entscheidung treffen.«

»Natürlich nicht, Herr Kramer, Sie haben völlig recht.« Der Schulleiter hatte nach Paps Worten seine Haltung geändert. Er war etwas zusammengesunken und schaute Paps unsicher und ein wenig von unten an.

Ich konnte aber sehen, dass ihm die Sehnen am Hals heraustraten. Wahrscheinlich biss er vor Wut seine Zähne zusammen.

»Jetzt wollen wir uns mal nicht weiter aufregen. Anton, du entschuldigst dich und gelobst Besserung. Dann vergesse ich die ganze Sache«, presste er hervor.

Beinahe hätte ich gerufen, dass *ich* aber gar keine Lust hatte, die ganze Sache zu vergessen. Mama schien etwas ganz Ähnliches zu denken, denn sie drückte meine Hand so fest, dass es beinahe weh tat.

»Nun, wie dem auch sei«, fuhr der Schulleiter fort, nachdem keiner von uns ein Wort gesagt hatte, »bald kommt eine Kommission in unsere Schule und wird einen Tag lang die Arbeit mit und in der Unterstufe beobachten.« Bei diesen Worten änderte er sein Auftreten ein weiteres Mal. Er richtete sich auf und warf einen irgendwie verliebten Blick auf das Bild von sich selbst, das überlebensgroß neben seinem Schreibtisch hing. »Es geht dabei um die ehrenvolle Auszeichnung *Heiterste Schule des ganzen Landes*.«

»Haha«, lachte Mama los. »Das ist gut. Das ist richtig gut.«

8. Der Leserbrief

Bevor Paps in die Praxis zurückeilen musste, drückte er mich fest an sich. »Anton, wir reden heute Abend noch mal über alles, okay?«

Das hätten wir bestimmt auch getan, aber dann war erst einmal keine Zeit dafür, denn wir hatten die Bude zum Abendbrot voll. Nicht nur Opo und Tante Uli nahmen am ausgezogenen Esstisch Platz, sondern auch Marlene und ihre Eltern. Sogar Luisa war gekommen. Es war schon die zweite große Zusammenkunft dieser Art bei uns, und trotz der blöden Sache am Vormittag herrschte eine ausgelassene Stimmung. Jedenfalls am Anfang.

Mama hatte japanische Dampfnudeln gegart.

»Was ist denn das?«, fragte Herr Müller und verzog die Nase etwas.

Mit der Gabel stach er auf den weißen Hefeklops ein, den Mama ihm auf den Teller gelegt hatte. Der hüpfte zur Seite, schlitterte über den Tellerrand und rollte bis auf die Mitte unseres großen Tisches. Herr Müller räusperte sich, griff dann beherzt nach dem Klops und ließ ihn auf den Teller flipschen. Danach legte er seine Gabel wieder zur Seite und starrte etwas unglücklich auf die zerdrückte Dampfnudel. Zum Glück hatte die keine Augen und konnte darum auch nicht zurückstarren.

»Was der Bauer nicht kennt, das frisst er nicht«, murmelte Luisa.

»Luisa!«, rief Tante Uli empört.

Wir anderen guckten entsetzt oder betreten. Je nachdem. Nur Herr Müller war so sehr mit der Betrachtung seines Hefeklopses beschäftigt, dass er gar nichts anderes mitbekam.

»Ist doch nur ein Sprichwort«, murmelte Marlenes Schwester.

»Das sind japanische Dampfnudeln«, erklärte Paps möglichst gelassen. »Manche sind mit Gemüse und Sprossen gefüllt. Andere mit Rindfleisch oder Garnelen. Probier sie ruhig einmal, Herbert. Sie schmecken wirklich gut.«

Herr Müller nahm seine Gabel wieder auf, rang dem Klops ein Stückchen ab und führte es irgendwie ängstlich zum Mund.

»Schmeckt sehr gut«, sagte er dann und wurde vor Freude ein bisschen rot.

Mama lächelte ihm zu. »Die wollte ich schon immer einmal machen. Sie werden in Bambuskörben im heißen Dampf gegart. Als ich diese Körbe in unserem wunderbaren Ausleihraum im Keller stehen sah, war die Sache geritzt.«

Mama schaute lächelnd Marlene und mich an. Der Ausleihraum, den wir für den unechten Nachhaltigkeitswettbewerb eingerichtet hatten, kam zumindest in unserem Haus super an.

»Solche japanischen Garkörbe habe ich auch einmal geschenkt bekommen«, sagte Marlenes Mutter. »Die stehen allerdings seitdem unbenutzt auf dem Kühlschrank.«

»Die stehen da nicht mehr«, brummte Herr Müller mit vollem Mund.

»Ach nein?«, wunderte sich Marlenes Mutter. »Wo sind sie denn dann?«

»Im wunderbaren Ausleihraum hier im Keller«, sagte Marlene leise.

»Na, dann kann ich sie mir ja auch mal ausleihen«, freute sich Frau Müller. Luisa grinste, und ich wusste nicht so genau, ob Frau Müller da was nicht verstanden hatte, oder ob sie uns gerade im Nachhinein die Erlaubnis gegeben hatte, ihre japanischen Garkörbe in den Ausleihraum für alle Hausbewohner zu stellen.

Nach dem Essen zog Herr Müller einen Zeitungsartikel aus seiner Tasche.

»Was sagen Sie … ähm, was sagt ihr dazu?« Herr Müller räusperte sich. Paps hatte ihm das Du angeboten, und daran musste er sich wohl erst einmal gewöhnen.

»Was steht denn da?«, fragte Mama. »Ich bin heute noch gar nicht dazu gekommen, die Zeitung zu lesen.«

»Es sind vier Kinder verschwunden«, sagte Herr Müller. »Alle in dieser Woche und alle aus der Schule unserer Kinder. Ein Junge aus der Parallelklasse –«

»Uwe Bommel«, flüsterte ich. »Der Typ, der mich bedroht hat.«

»Ha!«, machte Luisa.

»– zwei Mädchen und ein Junge aus den sechsten Klassen«, beendete Herr Müller seinen Satz.

Das hatte ich noch gar nicht gewusst. Marlene und ich starrten uns an.

»Fünf«, sagte ich dann. »Ich glaube, es sind fünf Kinder verschwunden. Kaspar aus unserer Klasse ist auch seit vorgestern nicht mehr aufgetaucht.«

»Vielleicht ist er krank?«, mutmaßte Paps.

»Seine Eltern haben sich noch nicht in der Schule gemeldet, und bei ihnen zu Hause kann man niemanden erreichen«, erzählte ich.

»Müssen wir uns um die Sicherheit unserer Kinder sorgen?«, fragte Marlenes Mutter ängstlich.

Luisa lachte los. »Wer sollte die denn klauen.«

»Fräuleinchen!«, rief Opo und haute auf den Tisch. »Wenn ich Kinder klauen würde, dann wären diese beiden feinen Menschen die ersten –« Opo unterbrach sich, weil ihn alle entsetzt anstarrten. »Ähm«, machte er und wuschelte durch sein Haar. »Ihr wisst doch, wie ich das meine.« Dann schaute er Luisa sehr ernst an. »Ich weiß, ich bin nicht dein Opa. Aber unsere Familien rutschen gerade an verschiedenen Enden zusammen, und darum nehme ich mir das Recht heraus, dich um etwas mehr Respekt zu bitten. Auch wenn man in der Pubertät ist, kann man daran arbeiten.«

Marlene und ich mussten heimlich grinsen.

Dann kamen wir wieder zum eigentlichen Thema zurück.

»Was steht denn in diesem Artikel ganz genau?«, fragte Paps. »Ist es sicher, dass die Kinder verschwunden sind? Ist die Polizei eingeschaltet? Gibt es weitere Verbindungen zwischen ihnen außer der Schule?«

Herr Müller las sich den Artikel noch einmal durch. Leider las er ihn nicht vor. Vielleicht wäre ihm das peinlich gewesen. Ich sah, dass Mamas Hand zuckte. Bestimmt hätte sie den Text gerne selbst gelesen, wollte aber nicht so unhöflich sein und ihn Herrn Müller aus der Hand reißen.

Tante Uli hatte da weniger Hemmungen. »Nun gib schon her!«, fuhr sie ihren Bruder an. Opo schnaubte überrascht. »Entschuldigt, bitte, aber das ist doch hier einfach zu wichtig, um ruhig zu bleiben«, sagte Tante Uli und setzte sich ihre Lesebrille auf.

»Nein, *mutmaßlich,* hier steht *mutmaßlich* und *wahrscheinlich verschwunden, eventuell entführt,* mhm«, murmelte sie lesend. »Es gibt keinerlei Beweise. Keiner der Eltern hat bisher Stellung genommen ... Ach so! Es ist nur ein Leserbrief und kein richtiger Artikel! ... Ein Beitrag von Karlo Kolumno. Das kann ja nur ein Scherz sein!« Tante Uli blies empört die Luft aus, die sie beim Lesen angehalten hatte.

»Puh«, atmete Mama erleichtert auf.
»Da will sich nur einer wichtigmachen«, sagte Frau Müller.
»Seltsam, dass der Brief trotz des Pseudonyms veröffentlicht wurde. Da muss einer Kontakt zur Zeitung haben«, vermutete Opo.
»Einer, der gewisse Informationen hat«, brummte Herr Müller, der noch immer etwas wütend war, weil ihm Tante Uli das Stück Papier entrissen hatte.
»Vielleicht jemand aus der Schule«, sagte Marlene.
»Wer von den Heinis da sollte so einen Leserbrief schreiben? Und warum?«, fragte Luisa.
Ich hatte gar nicht damit gerechnet, dass sie überhaupt zuhörte, denn sie tippte und wischte die ganze Zeit auf ihrem Smartphone herum.
»Die können doch nicht wollen, dass irgendjemand merkt, dass es an ihrer Superschule verschwundene Kinder gibt«, murmelte Luisa ohne den Blick zu heben.
»Noch ist es gar nicht bewiesen, dass diese Kinder verschwunden sind. Der Briefschreiber vermutet das nur«, sagte Mama mit ihrer resoluten Stimme. »Auf eure Schule gehen eintausendzweihundert Kinder. Wenn da mal fünf für wenige Tage noch nicht entschuldigt fehlen, ist das doch keine große Sache.«
»Dieser Leserbrief schürt nur Unruhe, wenn nicht sogar Panik«, stimmte Paps ihr zu. »Eigentlich ist es sehr unverantwortlich, den zu veröffentlichen.«

Und damit war für alle das Thema erledigt. Zumindest für die Erwachsenen. Ich konnte mich trotz des leckeren Nachtischs nicht mehr so richtig entspannen. Darum schlug ich Marlene vor, uns nach dem Essen in mein Zimmer zu verdrücken.

Als ich noch mal schnell zur Toilette ging, schnappte ich einige Worte von Frau Müller auf. »Ich glaube, Marlene hätte gerne ein Haustier«, erzählte sie meinen Eltern gerade. »Sie hat in einem Senfgurkenglas eine Tierwohnung gebaut. Für ein trockenes Moosbüschel.« Ihr Ton klang sehr besorgt, und ich hätte beinahe gekichert.

In meinem Zimmer fragte ich Marlene nach dem Büschel.

»Es hat weder irgendetwas gefressen noch sich bewegt. Ich glaube, es ist tot«, sagte Marlene traurig.

»Nicht tot, Marlene, es ist wahrscheinlich geworden. In unserem Universum ist ein trockenes Moosbüschel eben nichts anderes als ein trockenes Moosbüschel.«

»Mhm«, machte Marlene und propellerte. »Hast ja recht. Eigentlich sollten wir froh sein, denn das bedeutet, dass die Unwahrscheinlichkeiten in unserem Universum tatsächlich wahrscheinlich werden und nichts durcheinanderbringen können.«

Es klopfte an meine Zimmertür. Im selben Moment huschte Luisa zu uns herein.

»Warum klopfst du, wenn du sowieso nicht auf ein Herein wartest?«, fragte ich.

»Was?«, brummte Luisa.

»Schon gut. Was willst du denn?«

Luisa setzte sich auf den Teppich, was mich erstaunte, denn das bedeutete wohl, dass sie uns nicht nur etwas sagen wollte, um sofort wieder zu verschwinden.

»Du hattest heute ein Elterngespräch?«, fragte sie.

»Ja, schon das zweite«, seufzte ich.

»Dabei konnte Anton gar nichts dafür. Beide Male nicht«, ereiferte sich Marlene.

Luisa nickte. Ich wollte das eigentlich gar nicht, aber ich musste die ganze Zeit auf ihre Haare starren, hinter denen das verschwundene Ohr war oder eben nicht mehr war.

»Pass nur auf, dass du nicht auch eines Tages verschwindest«, sagte Luisa zu mir.

»Wie meinst du denn das?«, fragte ich überrascht, weil ich in Gedanken noch bei ihrem Ohr war.

»Na, habt ihr nicht gemerkt, wer da so verschwunden ist?«, fragte Luisa. »Das Ganze ist nur eine Vermutung, aber sind es nicht Schüler, die vorher irgendwie unangenehm aufgefallen sind und schon Elterngespräche mit dem Schulleiter hatten?«

»Das kann sein!«, rief ich verblüfft. »Also, klar, Uwe Bommel ist ein Stänkerer, und Kaspar ist ganz schön laut und muss immer einen doofen Witz machen. Und seine Eltern mussten zu einem Elterngespräch.«

»Das eine Mädchen aus der Sechsten kenne ich«, sagte Luisa. »Sie ist die Schwester von 'nem Freund von mir. Ihre Eltern mussten schon öfter zu Elterngesprächen. Als du dann vorhin Uwe Bommel erwähnt hast, hatte ich plötzlich so ein komisches Gefühl.«

Woher kennt Luisa denn Uwe Bommel?, fragte ich mich. Dabei war das eigentlich total unwichtig.

Luisa schaute mir in die Augen und senkte die Stimme. »Weißt du, was ich mit dem komischen Gefühl meine?«

Ich nickte stumm, und Marlene propellerte wie verrückt. Wir wussten ganz genau, was sie meinte. Komische Gefühle hatten wir in der letzten Zeit mehr als genug gehabt.

»Nur nicht paranoid werden«, flüsterte Marlene.

Luisa lachte. »Stimmt, Schwesterherz. Wahrscheinlich spinne ich mir nur was zusammen.«

»Eben. Es ist doch gar nicht klar, dass die Kinder wirklich verschwunden sind«, sagte ich.

»Niemand würde über das Fehlen von Kaspar, Uwe Bommel und den drei Sechstklässlern nachdenken, wenn es diesen Leserbrief nicht gegeben hätte«, sagte Marlene.

Seltsamerweise hatte ich sehr wohl schon vorher darüber nachgedacht. Zumindest über Kaspars und Uwe Bommels Fehlen. *Bauchgefühl* hatte Opo das genannt. Und dass man darauf hören sollte, hatte er gesagt.

»Ich frage mich allerdings, was der Schreiber mit seinem Leserbrief bezweckte«, sagte ich.

»Keine Ahnung, manche Menschen sind einfach komisch«, meinte Luisa und stand auf. Dann drehte sie sich aber noch einmal um. »Hier, das wolltest du doch sehen, oder?«, fragte sie und strich sich die Haare hinter ihr rechtes Ohr.

Es war das schwarze.

9. Unruhe im Lehrerzimmer

Das ganze Wochenende sprachen wir zu Hause kein Wort mehr über den Leserbrief oder über die Schule.

»Wir machen es uns einfach schön, fahren weg und lassen alle Sorgen hier«, bestimmte Mama am Samstagmorgen.

Dann stiegen Paps, Mama und ich auf unsere Räder und fuhren einfach los. Durch den Wald und über Hügel. Immer weiter. Bis wir nicht mehr konnten. Dort suchten wir einen Gasthof aus, in dem wir die Nacht verbrachten. Am Sonntag fuhren wir einen anderen Weg wieder zurück.

Solche Ausflüge machen wir öfter. *Gehirnlüftung* nennt Paps das. Manchmal denke ich, dass ich keine Lust dazu hätte, und will schon anfangen zu maulen, aber das lässt Paps nicht zu, und am Ende machen diese Touren ja doch großen Spaß.

»Kinder, ich möchte heute mit euch über einen Artikel reden, der am Freitag in der Zeitung stand«, sagte Frau Wolfert am nächsten Montag in der Schule.
»Wir wissen schon Bescheid, Frau Wolfert. Aus unserer Schule verschwinden Kinder!«, rief ein Junge aus der ersten Bankreihe.
»Das ist gar nicht wahr«, widersprach ein Mädchen. »Das ist nämlich kein Artikel, sondern ein Leserbrief. Mein Vater hat gesagt, da behauptet einfach nur ein Wichtigtuer, dass hier Kinder verschwinden.«
»Woher will dein Vater das denn wissen¿«, rief ein Junge. »Heißt der etwa Karlo Kolumno¿«
Plötzlich schrien alle durcheinander. Zwei Mädchen begannen sogar zu weinen.
»Wo ist mein Freund Kaspar¿«, brüllte Tim und barg sein Gesicht in den Händen. Dahinter lachte er jedoch heimlich.
»Weißt du was von ihm¿«, fragte ich ihn.
»Nee, aber ich glaube nicht, dass er verschwunden ist. Vielleicht wollte seine Familie einfach mal ein paar Tage verreisen, ohne gleich einen Antrag zu stellen.« So was in der Art hatte Opo auch gesagt.
Um uns herum war ein echtes Tohowabohu ausgebrochen.
»Kinder, bitte beruhigt euch!«, rief Frau Wolfert.
Es dauerte allerdings eine ganze Weile, bis tatsächlich wieder Ruhe eingekehrt war.
»Ihr müsst keine Angst haben«, sagte unsere Lehrerin etwas

atemlos. »Dieser Leserbrief ist ohne Zweifel ausgedacht und gelogen. Das wollte ich euch nur noch einmal sagen.« Sie räusperte sich, weil sie einen Frosch im Hals hatte. »Wir wollen trotzdem über das richtige Verhalten sprechen. Damit ihr wisst, was zu tun wäre, falls ihr doch einmal, was wir natürlich nicht hoffen, von einem Fremden angesprochen oder gar bedrängt werden solltet.«

Dieses Thema hatten wir schon mehrmals in der Grundschule durchgenommen. Darüber wussten wir Kinder alle Bescheid.

»Auf keinen Fall mitgehen!«

»Auch nicht, wenn derjenige sagt, deine Mutter schickt mich, weil sie im Krankenhaus ist!«

»Oder weil die Oma gestorben ist!«

»Auch nicht, wenn es ein Kollege der Eltern ist!«

»Vielleicht tut der ja nur so!«

»Niemals in ein fremdes Auto steigen!«

»Niemanden in die Wohnung lassen! Auch nicht den Nachbarn von unten!«

»Sofort um Hilfe bitten!«

»Zum Beispiel in die Bäckerei gehen oder in den Zeitungsladen!«

»Laut schreien, wenn der Fremde nicht lockerlässt!«

Keine Ahnung, wie es einem Entführer gelingen sollte, einen von uns zu stehlen. Ich musste ein bisschen grinsen. Wie war ich nur darauf gekommen, dass Uwe Bommel oder Kaspar verschwunden sein könnten?

Plötzlich wurde die Tür aufgerissen. Der Schulleiter streckte einen ziemlich roten Kopf mit ärgerlich zusammengezogenen Augenbrauen herein.

»Frau Wolfert, sofort in mein Büro!«, herrschte er sie an.

Unsere Lehrerin bat uns hektisch, einen Aufsatz über unsere Zukunftswünsche zu schreiben.

»Wozu denn?«, rief Tim weinerlich. »Wenn wir erst alle verschwunden sind, haben wir doch gar keine Zukunft mehr.«

Niemand lachte. Frau Wolfert sowieso nicht. Die rannte wie von der Tarantel gestochen hinter dem Schulleiter her. Sie kam bis zum Ende der Stunde auch nicht wieder zurück.

Ich glaube nicht, dass bis auf zwei, drei Mädchen und der strebsame, immer nickende Roland in der ersten Reihe irgendjemand etwas aufgeschrieben hatte. Dazu hätte man sich ja wenigstens mal hinsetzen müssen. Als es zum Unterrichtsende klingelte, schnappten alle ihre Ranzen und stürmten in die Freiheit des Nachmittags.

Marlene und ich hatten es nicht eilig. Wir schlenderten langsam hinterher. Darum erfuhren wir zwei Dinge, die alles andere als beruhigend waren und meine Sorgen und Gedanken mit einem Schlag wiedererweckten.

Zuerst sahen wir Frau Wolfert weinend den Gang entlangrennen.

»Auweia. Das Gespräch mit dem Schulleiter scheint ja nicht besonders heiter gewesen zu sein«, murmelte Marlene.
»So wütend, wie der vorhin war, hatte ich das auch nicht erwartet«, sagte ich.
»Meinst du, er war sauer, weil es in unserer Klasse so laut war?«, überlegte Marlene und zwirbelte ihren Zopf.
»Ich glaube eher, der war sauer, weil Frau Wolfert mit uns über den Artikel geredet hat«, sagte ich.
»Den Leserbrief«, verbesserte mich Marlene. »Du meinst, er hätte diesen erlogenen Unsinn lieber nicht an die große Glocke gehängt? Wegen dem Heiterkeitswettbewerb?«
»Wegen des Heiterkeitswettbewerbs«, murmelte ich unbedacht.
Marlene schaute mich von der Seite an. »Das habe ich doch gesagt.« Dann weiteten sich ihre Augen hinter den Brillengläsern. »Ah, verstehe. Wegen *des* Heiterkeitswettbewerbs«, sagte sie ein wenig spöttisch.
»Tut mir leid, das ist mir nur so rausgerutscht«, sagte ich, aber Marlene lächelte sowieso schon wieder.
Allerdings nur kurz.
»Vielleicht. Ich bin mir nicht sicher«, beantwortete ich dann ihre Frage.
Eigentlich war ich mir sogar ziemlich sicher, dass der Schulleiter nicht wegen irgendeines blöden Heiterkeitswettbewerbs ärgerlich war. Er hatte anders gewirkt. Wütend zwar, aber auch so, als hätte er ein schlechtes Gewissen. Ein schlechtes Gewis-

sen macht Menschen manchmal unglaublich zornig und ungerecht. Das würde auch viel besser zu den Tränen von Frau Wolfert passen. Aber warum sollte der Schulleiter ein schlechtes Gewissen haben, wenn sich den Leserbrief tatsächlich nur ein Pseudonym namens Karlo Kolumno ausgedacht hatte? Oder weinte Frau Wolfert eigentlich wegen etwas ganz anderem, das überhaupt nichts mit dem Leserbrief zu tun hatte?

Ich überlegte gerade, wie ich meine Gedanken am besten in Worte packen konnte, als wir uns dem Lehrerzimmer näherten. Dort drinnen herrschte große Aufregung.

»Siehste, die Lehrer schreien sich auch an, wenn sie denken, niemand hört das«, sagte Marlene und grinste.

Wir blieben nicht ganz stehen, aber wir verlangsamten unsere Schritte so sehr, dass wir uns nur noch zentimeterweise vorwärtsbewegten.

»Liebe Kollegen!«, schrie Frau Jennick gerade. »Ich bitte Sie, bewahren Sie Ruhe!«

»Das sind doch alles nur Mutmaßungen«, rief jemand.

»Woher wollen Sie das wissen?«, hörte ich Herrn Kux leise fragen.

»Also, ich bitte Sie!«, empörte sich ein anderer. »Oder stecken Sie etwa mit diesem ominösen Karlo Kolumno unter einer Decke?«

Irgendeine Lehrerin giggelte hysterisch los.

»Uwe Bommel geht doch in deine Klasse, haben seine Eltern ihn denn inzwischen entschuldigt?«

»Nein«, sagte Uwe Bommels Klassenlehrer. »Bisher habe ich nichts von ihnen gehört.«
»Meine Schülerin fehlt seit fünf Tagen unentschuldigt«, sagte eine andere Lehrerin.
»Leute, das hat uns doch noch nie aufgeregt, wenn mal einige Kinder für ein paar Tage unentschuldigt fehlten.«
»Ich halte das auch für völlig überzogen«, brummte einer. »In der Oberstufe ist das gang und gäbe. Da fehlen manchmal mehr Schüler unentschuldigt als überhaupt anwesend sind.«
Einige der Lehrer lachten. Wahrscheinlich diejenigen, die in der Oberstufe unterrichteten.
»Eigentlich ist es doch nur dieser vermaledeite Leserbrief, der für diese Aufregung sorgt.«
»Also wenn ich hier mal kurz für Aufklärung sorgen dürfte«, rief eine weibliche Stimme, die ich als die der Sekretärin erkannte. »Der Chef weiß über das Fehlen der Kinder Bescheid.«
»Moment mal!«, empörte sich jemand. »Was sind denn das für neue Sitten? Wieso weiß der Chef Bescheid, und wir Lehrer erfahren nichts?«
Wieder brach ein lautes und aufgebrachtes Geschrei los.
Inzwischen waren wir vor dem Lehrerzimmer stehen geblieben, hielten den Atem an und lauschten. Marlene zwirbelte ihren Zopf ganz vorsichtig.
»Wie dem auch sei«, sagte die Sekretärin, der die ganze Sache unangenehm zu sein schien. »Der Chef will jedenfalls, dass der Leserbrief ignoriert wird.«

»Soso, der Chef will das also«, rief jemand.

»Ist darum Frau Wolfert soeben in seinem Büro zusammengestaucht worden? Weil sie den Leserbrief nicht ignoriert hat?«, fragte ein anderer.

Einen winzigen Moment lang war es völlig still, als würden alle auf einmal einen erschrockenen oder empörten Atemzug nehmen. Dann plapperten sie wieder durcheinander. Ein klingelndes Telefon unterbrach das aufgeregte Durcheinander.

»Hört mal her!«, rief dann jemand, und alle hörten zu, denn es kam kein Laut mehr durch die Tür.

»Die Schülerin Katharina Winter aus der 6b ist wieder aufgetaucht.«

Ein Raunen unterbrach den Sprecher.

»Also war sie tatsächlich verschwunden?«, fragte jemand.

»Und das hat der Chef gewusst?«

»Jetzt lasst Bernd doch mal ausreden.«

»Die Eltern sagen, ihre Tochter würde im Stadtkrankenhaus liegen und noch eine Weile fehlen.«

»Was ist passiert?«

»Wo ist sie gewesen?«

»Ist ihr etwas angetan worden?«

Alle Lehrer schrien wieder durcheinander.

»Hört doch mal zu!«, rief Bernd, der Lehrer, der das Telefonat angenommen hatte. »Die Eltern des Mädchens haben überhaupt nicht gesagt, dass sie verschwunden war. Sie entschuldigen Katharina damit, dass sie im Krankenhaus liegt. Nicht

mehr, aber auch nicht weniger. Wir sollten wirklich mit diesem ganzen Unsinn aufhören.«
»Genau. Aber vielleicht wäre das einfacher, wenn uns der Chef mal mitteilen würde, warum die einzelnen Kinder fehlen. Wenn er das wirklich weiß.«
»Ich werde es ihm ausrichten«, sagte die Sekretärin säuerlich.
In dem Moment öffnete sich die Tür vor uns, und Herr Kux erschien in ihrem Rahmen. Fast sah es aus, als wollte er sich wegschleichen. Doch das ging nicht, denn Marlene und ich standen in seinem Weg.
»Was macht ihr hier?«, zischte uns Herr Kux an.

10. Wahrscheinliche Unwahrscheinlichkeiten und tatsächliche Tatsachen

Zum Glück wollte unser Physiklehrer nicht wirklich wissen, was wir eine halbe Stunde nach Schulende vor der Tür des Lehrerzimmers machten, hinter der ein lautstarker Streit über verschwundene Schüler stattfand. Im Gegenteil. Er wirkte eher so, als hätten wir *ihn* bei irgendetwas ertappt. Hektisch blinzelnd, als hätte er etwas im Auge, schloss Herr Kux eilig die Tür hinter sich und entschwand. Anders konnte man sein heimlichtuerisches Weghuschen nicht nennen.

»Der sieht aus, als hätte er was zu verbergen«, sagte Marlene.

»Hat er ja auch«, knurrte ich wütend.

»Stimmt.« Marlene nickte. Natürlich hatte ich ihr von dem ungerechten Elterngespräch erzählt. »Trotzdem«, fuhr sie grübelnd fort. »Da ist noch viel mehr im Gange.«

Wir liefen zu mir nach Hause. Mama hatte Spaghetti mit Bolognesesoße auf den Herdplatten zurechtgestellt. Wir machten sie warm, aßen und erledigten dann am Esstisch die paar Hausis, die wir aufhatten.

Ich finde Hausaufgaben zwar meistens total öde und langweilig, aber eigentlich sind sie immer so schnell gemacht, dass es sich wirklich nicht lohnt, deswegen irgendwelchen Ärger zu bekommen. Es hat aber vier Jahre Grundschule gedauert, bis ich das kapiert habe. Vorher bekam ich eine Menge Elternbriefe wegen nicht gemachter Hausis. Die Briefe versteckte ich unter meinem Schrank, was sie natürlich nicht wirklich verschwinden ließ und das Problem nicht löste. Es gibt nämlich auch Telefone, mit denen Lehrer Eltern eines Tages anrufen können, nachdem sie hundertmal nach den Unterschriften auf den Elternbriefen gefragt haben.

Auf dem Schreibtisch in meinem Zimmer entdeckte ich einen großen Umschlag von Opo. Darin fand ich einen Zettel, dreihundert Euro in kleinen Scheinen und zwei Sparbücher.

»Lieber Anton, liebe Marlene«, las ich den Zettel laut vor. »Ich habe die Münzen für euch eingetauscht. Die dreihundert Euro sollten für die Schulsachen genügen. Den Rest habe ich auf zwei Sparbücher eingezahlt, eines für jeden. Euer Opo.«

»Euer Opo«, wiederholte Marlene leise und strahlte mich an. »Er ist echt klasse.«

»Das stimmt«, sagte ich, denn Opo ist wirklich klasse. Schade, dass wir ihn nicht komplett ins Vertrauen ziehen konnten. Es wäre irgendwie beruhigender gewesen, wenn wir wenigstens die Möglichkeit gehabt hätten, einen Erwachsenen um Rat oder Hilfe zu bitten, falls das doch mal nötig geworden wäre.

Dann schauten wir in die Sparbücher.

»Anton, wir sind reich«, flüsterte Marlene.

Ich hatte mir so etwas schon gedacht. Immerhin war der Beutel mit den Zweieuromünzen ganz schön schwer gewesen. Über zehn Kilogramm, wie ich jetzt schnell nachrechnete, denn auf den Sparbüchern waren jeweils eintausendfünfhundert Euro eingezahlt.

»Jetzt muss ich eine Runde rumlaufen«, sagte Marlene erschüttert.

»Ich auch«, sagte ich.

Allerdings nicht wegen unserer neuen Sparbücher. Mir schwirrten noch immer Uwe Bommel, Kaspar, Katharina Winter und die anderen fehlenden Kinder aus der Sechsten im Kopf herum, natürlich auch einige Unwahrscheinlichkeiten wie die kriechende Erde und die Frage, ob es diese noch gab und was sie so machte in unserer Welt. Dazwischen tauchten die Erinnerungen an das fiese Elterngespräch und an den Streit im Lehrerzimmer auf. Ein ziemliches Kopfdurcheinander.

Wir schlüpften in unsere Sneakers und liefen los.

Nach einer Runde durch den Park hatte Marlene ihren Schock wegen unseres Reichtums überwunden und konnte sich so-

gar darüber freuen. Bei der zweiten Runde wurden wir jedoch schon wieder ernst.
»Wir können es nicht einfach ignorieren«, sagte ich.
»Dass sich da irgendwas zusammenzubrauen scheint, meinst du?«, fragte Marlene.
Ich nickte. Etwas war los, das war klar. Etwas, das nicht ungefährlich zu sein schien und das ich nicht richtig fassen konnte. Rumlaufen hilft in solchen Momenten der Ratlosigkeit. Rumlaufen fördert nämlich das Nachdenken. Vielleicht weil dann das Gehirn besser durchblutet wird oder so.
Wir verließen den Park nach der vierten Runde und standen plötzlich vor der Kneipe mit dem unwahrscheinlichen Geldautomaten. Ob der Zufall unsere Schritte gelenkt hatte oder ein unbestimmtes Gefühl, war mir völlig egal. Wir waren hier, und das fühlte sich auf einmal genau richtig an. Marlene schien das auch zu finden. Sie zwirbelte ihren Zopf wie verrückt und hatte hinter den Brillengläsern noch größere Augen als sonst.
»Schau mal, die Seitentür ist offen«, wisperte sie atemlos.
Wir schlichen in die Hofeinfahrt und warfen einen neugierigen Blick in die Kneipe. Die war eine Baustelle.
»Der Wirt benutzt das Geld, um zu sanieren«, raunte ich.
»Das finde ich gut«, flüsterte Marlene. »Besser als alles zu verplempern.«
»Verplempern kannst du nicht so gut, oder?«, fragte ich.
Marlene warf mir einen kurzen sehr ernsten Blick zu. »Wenn

man nichts zu verplempern hat, dann lernt man es nicht«, sagte sie leise.
»Ist ja auch nichts, was man können muss«, sagte ich.
Jemand kam uns aus der Kneipe entgegen. Wir wollten schnell weglaufen, aber es war zu spät. Ein Herr in einem etwas albernen gestreiften Anzug mit Hut und Weste und einem Spazierstock blieb vor uns stehen.
»Sieh an, sieh an. Wen haben wir denn da?«, sagte er.
Erst als er seinen Mund zu einem breiten Grinsen öffnete, erkannte ich ihn. Ein neues Gebiss hatte er sich also nicht gekauft. Als Nächstes dachte ich an unsere Sparbücher.
»Wir haben Sie so lange gesucht«, stammelte ich.
Marlene nickte und propellerte wie verrückt.
»Na, ich musste ja erst einmal verschwinden und dann den Kontakt zum Wirt wieder aufnehmen«, sagte der Mann, der nun ganz offensichtlich kein Obdachloser mehr war. »Zum Glück wurde der dermaßen von Gewissensbissen gezwickt, weil er das Geld behalten hatte, dass es nicht sehr schwer war, ihn davon zu überzeugen, gemeinsame Sache zu machen.«
»Gemeinsame Sache?«, fragte Marlene, die ihre Sprache wiedergefunden hatte.
Dass auch sie ganz verzweifelt an die Sparbücher dachte, konnte man ihr quasi auf der Stirn und an der Propellergeschwindigkeit ihres Zopfes ablesen. Erstaunlich, dass das dem Mann gar nicht auffiel.
»Ja. Wir werden dieses Restaurant gemeinsam führen.« Der

Mann lachte froh. »Das wird ein ganz feiner Schuppen, wartet es nur ab«, polterte er. »Und oben drüber im ersten Stock, da habe ich jetzt ein feines Appartement. Kinder, ich bin euch zu großem Dank verpflichtet. Kann ich irgendetwas für euch tun?«

»Äh, nö«, murmelte ich, denn das hatte er ja schon längst getan, auch wenn er es nicht wusste.

»Na, das lobe ich mir. Ihr seid sehr liebe und bescheidene Kinder«, sagte er und kicherte.

Ich konnte Marlenes Verzweiflung wegen ihres schlechten Gewissens richtig auf der Haut spüren. Mir ging es auch nicht besser.

Plötzlich lachte der Mann laut los. »Kinder, es ehrt euch, dass ihr euch so schuldig fühlt. Aber wisst ihr was? Das braucht ihr gar nicht. Immerhin waren es eure zwei Euro, und ihr habt sie auch in den Automaten gesteckt. Den hatte ich zwar entdeckt, und ich hatte euch gebeten, daran für mich zu spielen, aber eigentlich waren wir ein Team. Und ein Team teilt die Beute. Also, was habt ihr mit eurem Anteil gemacht?«

»Sie haben uns gesehen, als wir den Geldbeutel wegtrugen?«, fragte Marlene.

»Freilich«, sagte der Mann. »Ich weiß auch, dass ihr mich gesucht habt. Aber ich wollte mich nicht finden lassen.«

»Damit wir unseren Anteil behalten?«, fragte ich.

Der Mann nickte und schenkte uns noch ein zahnloses Grinsen.

»Das hätten Sie uns doch auch einfach sagen können?«, murmelte Marlene etwas vorwurfsvoll.
»So hat es aber mehr Spaß gemacht«, sagte der Mann fröhlich. »Also, was habt ihr euch von dem Geld gekauft?«
Marlene holte ihr Sparbuch aus der Tasche und zeigte es ihm.
»Sehr vorbildlich«, lobte der Mann und feixte.
Ich wusste nicht, ob er das ernst meinte oder sich ein bisschen darüber lustig machte. Er war wahrscheinlich nicht der Typ, der viel vom Sparen hielt.
»Nun kommt erst mal herein«, sagte er dann. »Die Kneipe ist zwar gerade eine Baustelle, aber die Arbeiter sind schon im Feierabend. Wir müssen doch unseren unverhofften Reichtum feiern. Im Kühlschrank stehen noch Limonaden.«
Wir folgten ihm langsam über große raschelnde Malerfolien hinweg an den mit feinem Staub bepuderten Tresen. Der Mann wischte mit seinem Ärmel den Renovierstaub weg und stellte uns jedem eine Brause vor die Nase. Er selbst füllte sich ein Glas mit einer hellbraunen scharf riechenden Flüssigkeit.
»Ahhh!«, stöhnte er wohlig. »Der Herr von Welt trinkt alten schottischen Whiskey und keinen Fusel.«
»Sind Sie denn jetzt ein Herr von Welt?«, fragte Marlene.
Ich hätte beinahe gelacht, immerhin macht nicht nur die Wahl des Getränks einen Mann zu einem Weltbürger. Nicht einmal, wenn er dazu einen gestreiften Anzug mit Hut, Weste und Spazierstock ausführt. Allerdings sprach er nun auch viel kultivierter.

»Freilich, meine Lieben, freilich«, sagte er und hob sein Glas. »Auf euch, auf mich, auf uns und auf das Leben!«

»Prost!«, riefen Marlene und ich.

Wir stießen unsere Limoflaschen mit dem Whiskeyglas des Mannes zusammen.

»Das hier wird ein ganz feiner Laden, ihr werdet euch wundern«, sagte der Mann noch einmal. »In einer Woche ist Eröffnung. Oder in zwei. Vielleicht auch in drei. Ihr seid wann auch immer zusammen mit euren Eltern eingeladen.«

»Danke schön«, sagten wir.

»Wir sind übrigens Anton und Marlene«, sagte Marlene. »Und wie heißen Sie?«

»Oho, wie konnte das passieren, dass ich mich euch noch nicht vorgestellt habe!«, rief der Mann erschrocken. Er sprang vom Barhocker und lupfte seinen neuen Hut. »Gestatten, Holzhammer. Theobald Holzhammer.«

»Ein toller Name«, murmelte Marlene.

»Sehr angenehm«, sagte ich grinsend.

Dann rutschte Theobald Holzhammer wieder auf den Hocker und nahm einen tiefen Schluck aus seinem Glas.

»Und nun mal heraus mit der Sprache«, sagte er plötzlich und schaute uns aufmerksam an. »Immerhin haben wir ein verrücktes Ding zusammen erlebt, etwas, das es eigentlich gar nicht geben dürfte, so dass wir nun eine Liga des Vertrauens sind. Außerdem habe ich viel gesehen. Mich kann nichts mehr erstaunen. Was bedrückt euch? Denn dass

euch beide etwas bedrückt, sehe ich an euren Nasenspitzen.«
Ich schaute mir Theobald Holzhammer etwas genauer an. Er hatte sehr freundliche Augen in seinem wettergegerbten Gesicht, das wie altes Leder wirkte. Und diese Augen sahen tatsächlich so aus, als hätten sie viel mehr gesehen als die Augen anderer. Auch mehr als Opos. Theobald Holzhammer hatte die Unwahrscheinlichkeit des Automaten einfach hingenommen, ohne darüber total verwirrt zu sein. Er hatte sie einfach geglaubt. Vielleicht beurteilte er diese Welt mit etwas anderem als dem Verstand, dem Herzen oder seinem Bauchgefühl? Viele sagen ja, es würde mehr zwischen Himmel und Erde geben, als wir ahnen, doch die wenigsten können damit umgehen, wenn sie zufällig mal diesen zusätzlichen Dingen begegnen. Aber vielleicht konnten wir Theobald Holzhammer … Plötzlich sprudelte die ganze Geschichte aus Marlene und mir heraus, angefangen mit dem Nachhaltigkeitswettbewerb über das Paralleluniversum der Unwahrscheinlichkeiten bis zu den verschwundenen Kindern. Es tat supergut, sie jemandem zu erzählen, der uns nicht für verrückt hielt und sich auch keine Sorgen um unser geistiges Wohlergehen machte.

Eine halbe Stunde später verstummten wir erschöpft. Theobald Holzhammer starrte in sein Glas und nickte unaufhörlich mit dem Kopf wie ein Wackeldackel in einem fahrenden Auto. Ich spürte, dass ihn unsere Geschichte doch mehr erstaunt hatte, als er dachte. Dass er sich das aber nicht anmerken lassen wollte.

»Nun«, sagte er und räusperte sich. »Das ist ja nun wirklich ein dicker Hund.«

Er hob sein Glas wieder an den Mund, obwohl es längst leer war. Marlene und ich schauten uns an. Ich zuckte traurig mit den Schultern. Es war ein Fehler gewesen, Theobald Holzhammer alles zu erzählen. Wir hatten gewusst, dass wir diese Geschichte niemandem erzählen konnten, noch nicht einmal Opo, weil sie niemand glauben würde. Wir hätten uns daran halten sollen.

»Nun, ein ganz und gar dicker Hund«, wiederholte Theobald Holzhammer. »Was werdet ihr jetzt machen?«

»Das wissen wir nicht«, murmelte Marlene und propellerte.

»Ihr braucht natürlich einen Plan!«, rief Theobald Holzhammer und haute auf den Tisch. Erschrocken fuhren Marlene und ich zusammen. »Ein Plan ist das Allerwichtigste, Kinder. Zuerst müsst ihr eure Beobachtungen aufschreiben, daraus eure Erkenntnisse ableiten und schließlich einen klugen Plan entwickeln, was ihr zu tun gedenkt.«

»Was wir zu tun gedenken«, wiederholte Marlene und klang ganz atemlos.

»Was wir machen wollen«, erklärte ich.

Marlene schaute mich an. »Hast du gerade gedacht, ich

wüsste nicht, was *zu tun gedenken* bedeutet?«, fragte sie verärgert.
»Nein, doch, ähm, nein –«
»Glaubst du, ich bin ein bisschen doof?«, fragte Marlene. Sie klang richtig wütend.
»Quatsch, nein, das denke ich nicht. Entschuldige bitte, manchmal rutschen mir solche Sachen einfach heraus, das müsstest du doch schon gemerkt haben.«
Ich blickte sie ganz verzweifelt an. Marlene schaute noch immer wütend zurück. Theobald Holzhammer beobachtete uns interessiert.
»Du, Marlene?«, sagte ich schließlich leise. »Ich glaube, wir stecken gerade in einer Übersprunghandlung fest.«
Marlene wandte sich an Theobald Holzhammer. »Glauben Sie uns etwa?«
»Nun ja, leicht fällt mir das nicht«, murmelte er und trank einen Schluck aus dem Glas, das er sich noch einmal gefüllt hatte. »Aber ja, ich glaube euch. Obwohl es wahrlich das Verrückteste ist, das mir jemals zu Ohren gekommen ist.« Er schüttelte den Kopf. »Ich denke aber auch, dass ihr eure Gedanken ordnen müsst. Mir kommt es nämlich so vor, als stecktet ihr in zwei ganz verschiedenen Geschichten drin.«
»Sie meinen, das Paralleluniversum und die freigelassenen Unwahrscheinlichkeiten sind die eine und die verschwundenen Kinder eine andere Geschichte?«, fragte ich aufgeregt.
Theobald Holzhammer nickte. »Ich kann verstehen, dass euer

Erlebnis in diesem sogenannten Paralleluniversum euch noch ziemlich im Kopf herumspukt. Aber um hier in unserer Welt zu kapieren, was los ist, müsst ihr diese Spukereien loswerden und euch darauf verlassen, dass die Unwahrscheinlichkeiten keinen Schaden anrichten und vielleicht auch gar nicht so wichtig sind.«

»Sie meinen, dass wir aufhören sollen, nach den wahrscheinlichen Unwahrscheinlichkeiten zu suchen und anfangen müssen, die tatsächlichen Tatsachen zu sehen?«, fragte ich.

»Richtig, mein Junge. Besser hätte ich es auch nicht formulieren können«, sagte Theobald Holzhammer. »Das ist allerdings nur dann sinnvoll, wenn ihr wisst, was ihr mit diesen Tatsachen anfangen wollt. Und darum braucht ihr einen Plan.«

11. Das rote Buch

»Wollen wir denn überhaupt beobachten und erkennen, Tatsachen finden und Lösungen suchen?«, fragte ich, nachdem wir uns von Theobald Holzhammer verabschiedet hatten und wieder auf der Straße standen.

Marlene schaute mich an. Ihre Augen blitzten und funkelten. Sie sahen aus, wie meine sich anfühlten.

»Und ob wir das wollen!«, schrien wir beide im Chor.

»Ein neues Abenteuer!«, freute sich Marlene.

Das schreckliche Gefühl des Beobachtetwerdens, das wir seit unserer Rückkehr mit uns herumgeschleppt hatten, war mit einem Mal verschwunden. Wir hatten den Spieß umgedreht. Nun würden *wir* beobachten und der Sache auf den Grund gehen und nicht mehr darauf warten, dass uns irgendjemand schief anguckte. Angst und Paranoia gehörten dem Gestern an.

Im großen Kaufhaus am Marktplatz suchten wir nach einem Buch, in das wir unsere Erlebnisse und Beobachtungen, die Erkenntnisse und den Plan schreiben konnten. Ich entdeckte ein sehr dickes mit linierten Seiten. Es hatte einen Einband aus rotem Leder, und vorne war mit goldener Schrift *Irgendwas ist immer* eingeprägt. Ich fand das witzig. Das Buch war teuer. Marlene wollte schon etwas dazu sagen, doch ich ließ sie gar nicht erst zu Wort kommen.

»Marlene, wir stecken inmitten der unglaublichsten Zeit unseres Lebens. Die hat auf alle Fälle ein sehr, sehr kostbares Buch verdient.«

Marlene propellerte und nickte. »Das stimmt«, sagte sie dann, und wir bezahlten.

In meinem Zimmer legten wir uns auf den Teppich, das aufgeschlagene Buch vor uns. Wir wollten gemeinsam formulieren, und Marlene sollte schreiben. Sie hat einfach die schönere Schrift.

»Alles begann am ersten Schultag nach den Sommerferien«, sagte ich. »Los, schreib auf!«

»Anton, ich trau mich nicht«, flüsterte Marlene. »Das teure Buch.«

Ich schaute auf ihre Hand mit dem Füller. Sie zitterte.

»Marlene, das Buch verliert seinen Sinn, wenn wir nichts hineinschreiben«, sagte ich.

»Aber es ist doch so wertvoll«, sagte sie.
»Wenn wir die Seiten vollgeschrieben haben, ist es noch viel, viel wertvoller«, sagte ich.
Dann nahm ich ihr den Füller aus der Hand und malte einen Smiley auf die erste Seite. Darunter schrieb ich:

Marlenes und Antons geheimes Buch – Beobachtungen von wahrscheinlichen Unwahrscheinlichkeiten im parallelen und im irdischen Universum sowie von tatsächlichen Tatsachen plus die daraus resultierenden Erkenntnisse

»Ein bisschen hochtrabend, oder?«, fragte ich und wischte an dem Tintenfleck herum, der mir aus Versehen ebenfalls auf die erste Seite getropft war.
»Nö, finde ich nicht«, sagte Marlene. »Allerdings passt der Smiley nicht so gut dazu, und der Tintenfleck ist jetzt übrigens doppelt so groß von deiner Wischerei. Na ja, und du hast echt eine Sauklaue.«
»Dafür ist der Bann gebrochen, und du kannst weiterschreiben«, sagte ich.
Marlene grinste. »Stimmt«, sagte sie und griff zum Füller.

Als Mama uns zum Abendbrot rief, hatten wir viele Seiten des Buchs beschrieben. Auch einige Skizzen hatte ich dazu gezeichnet.

Das Ganze war in drei Kapitel eingeteilt:

1. Erlebnisse und Beobachtungen im Paralleluniversum

(Das war natürlich der längste Teil.)

2. Beobachtungen der wahrscheinlichen Unwahrscheinlichkeiten in unserer Welt

Wir hatten beschlossen, nur die neuen Beobachtungen aufzuschreiben, also die, die wir nach dem Aufenthalt im Paralleluniversum gemacht hatten. Das waren: der kriechende Erdhaufen, der Spielautomat, das Moosbüschel. Außerdem schrieben wir noch *Übersprunghandlungen verschiedener Arten bei verschiedenen Leuten* auf. Allerdings mit einem Fragezeichen dahinter. Denn wenn sich Menschen unwahrscheinlich verhalten, kann das ja auch ganz normal sein.

3. Beobachtungen und Erkenntnisse der tatsächlichen Tatsachen

Hier hatten wir bisher nur unsere Beobachtungen aufschreiben können, weil wir ja noch keine Erkenntnisse gewonnen hatten: das Gefühl, angestarrt und von Ferne gemustert zu werden, das Verhalten unseres schrecklichen Schulleiters, das Verschwinden der Kinder (wovon eines im Krankenhaus lag, wie wir wussten), der Leserbrief in der Zeitung von Karlo Kolumno, die Aufregung im Lehrerzimmer und die Tränen von Frau Wolfert.

Nach dem Abendessen musste Marlene leider gehen, dabei waren wir noch längst nicht fertig mit unseren Notizen.

»Morgen ist auch noch ein Tag«, flüsterte Marlene mir beim Abschied an der Tür zu.

»Manchmal nicht«, raunte ich.

Marlenes Augen öffneten sich vor Schreck. »Wie meinst du denn das⸮«, fragte sie propellernd.

»Keine Ahnung«, murmelte ich. »Ich habe nur so ein Gefühl, dass wir uns mit dem Plan und den Lösungen etwas beeilen sollten.«

»Das stimmt«, sagte Marlene.

»Morgen müssen wir aktiv mit unseren Beobachtungen weitermachen«, sagte ich.

»Was genau bedeutet in diesem Fall aktiv⸮«, fragte Marlene.

»Wir werden Katharina Winter, dem Mädchen aus der Sechsten, einen Besuch im Krankenhaus abstatten«, antwortete ich.

»Eine tolle Idee«, sagte Marlene.

»Anton⸮«, rief Mama von drinnen.

»Jedenfalls kennen wir jetzt unsere nächste Mission«, raunte ich. »Wenn wir mal darauf vertrauen, dass die Unwahrscheinlichkeiten tatsächlich alle wahrscheinlich werden und verschwinden, dann –«

»– müssen wir die verschwundenen Kinder finden«, fiel mir Marlene aufgeregt ins Wort.
»Richtig«, sagte ich. Wir schauten uns an.
»Gute Nacht, Anton«, sagte Marlene dann.
»Gute Nacht, Marlene«, sagte ich. Und auch noch: »Es ist toll, dass du meine Freundin bist.«
Danach machte ich schnell die Tür zu.
Ich ging ins Wohnzimmer, um Mama zu fragen, warum sie nach mir gerufen hatte. Es war aber nichts Besonderes. Ich sollte mich nur mal langsam bettfertig machen und dabei das Zähneputzen nicht vergessen.

Der nächste Schultag war lahm wie eine müde Schnecke. Schnell war allerdings klar, dass Uwe Bommel und Kaspar nicht da waren. Das hatte ich auch nicht erwartet. Frau Wolfert fehlte ebenfalls, und wir hatten zwei Vertretungsstunden. Ausgerechnet Herr Kux kam zur Tür herein.
»Kinder, beschäftigt euch still. Malt ein Bild, macht Hausaufgaben, lernt etwas oder löst ein Kreuzworträtsel. Es ist mir egal. Hauptsache, ich höre keinen Mucks –«
»– alles klar, Herr Kux«, rief Tim.
Marlene und ich mussten lachen und handelten uns schon den ersten strafenden Blick ein. Ich hatte das Gefühl, Herr Kux schaute uns ernster und länger an, als nötig war. Darum zog ich das rote Buch aus meiner Tasche. Marlene neben mir

zog die Luft so laut ein, dass ich es hören konnte. Herr Kux blickte aber nicht noch einmal auf.
Du hast es mitgebracht?, stand auf einem Zettel, den Marlene mir zuschob. Ich nickte.

Na klar, wir werden es immer dabeihaben, falls etwas Wichtiges passiert.

Ist das nicht zu gefährlich?

Warum?

Jemand könnte das Buch sehen oder stehlen!

Womöglich Karlo Kolumno? ☺

Blödmann! Irgendjemand steckt hinter dem Namen, und irgendjemand entführt vielleicht Kinder!

Nur nicht paranoid werden!

Dann machte ich unter Kapitel 3 eine Notiz zu Herrn Kux, denn mit dem stimmte etwas nicht. Das war mehr als offensichtlich.

12. Im Krankenhaus

Gegen halb drei am Nachmittag klingelte Marlene an unserer Tür. »Anton, kommst du runter?«

Meine Schuhe hatte ich schon seit zwanzig Minuten an, und genauso lange hatte ich wie auf heißen Kohlen auf Marlene gewartet.

Wir liefen zum Stadtkrankenhaus und betraten es durch den Haupteingang.

»Geht das ein bisschen schneller!«, schimpfte jemand hinter uns.

Eine ziemlich dicke Frau drückte mich durch die Tür und drängte an uns vorbei. Sie war mit zwei großen Taschen und einem riesigen Blumenstrauß beladen. Außerdem zerrte sie fünf heliumgefüllte Luftballons hinter sich her. *Ich liebe dich,* stand darauf.

»Die hat wohl nur für einen Menschen Liebe übrig«, sagte Marlene leise.

»Aber das dafür gleich fünffach«, sagte ich.
»Vielleicht hätten wir auch ein Geschenk mitbringen sollen«, murmelte Marlene.
Ich schaute mich um. In der Eingangshalle gab es einen Kiosk. Wir kauften für Katharina eine Tafel Schokolade und liefen zur Anmeldung.
»Wie kann ich euch helfen?«, fragte ein freundlicher Mann hinter dem breiten Tresen.
»Wir wollen unsere Schulfreundin besuchen«, sagte Marlene. »Sie liegt hier irgendwo.«
Ich zeigte dem Mann die Schokolade, als sei die der Beweis dafür, dass wir die Wahrheit sprachen. »*Schoko und Keks*, ihre Lieblingssorte«, sagte ich. »Ich persönlich mag ja lieber Vollmilch ohne was. Also auch ohne Nüsse oder so. Vor allem ohne Rosinen. *Traube und Nuss* ist die ekligste Schoko–«
Da trat mir Marlene auf den Fuß, und ich verstummte.
»Aha«, sagte der Mann am Empfang und warf mir einen höchst erstaunten Blick zu. »Hier kann eure Freundin jedenfalls nicht sein«, fuhr er fort und deutete auf den Hinterausgang. »Lauft mal dort hinaus und nach rechts. Dann kommt ihr zum Kinderkrankenhaus.«
»Du weißt, dass man Lügner daran erkennt, dass sie zu viel erklären, oder?«, fragte Marlene draußen.
»Eigentlich schon«, sagte ich. »Aber ich kann nicht so gut lügen und denke immer, die anderen merken das bestimmt. Darum quatsche ich dann einfach drauflos.«

»Und genau daran merkt jeder, dass du lügst.« Marlene lächelte mich an. »Ich kann Lügner sowieso nicht ausstehen. Aber manchmal hat man echt keine Wahl.«

Wir betraten die Halle des Kinderkrankenhauses und liefen auf den Empfang zu, dabei lächelten wir, als gäbe es nichts Schöneres, als diesen ekligen Krankenhausgeruch aus Desinfektionsmitteln, Gemüsebrühe und Käsesocken einatmen zu dürfen. Ich wedelte außerdem noch mit der Tafel Schokolade herum wie mit einem Fähnchen. Die Dame am Tresen schaute jedoch gar nicht auf. Sie war mit irgendwelchen Listen beschäftigt.

»Guten Tag, wir möchten unsere Freundin Katharina Winter besuchen und –«, sagte ich.

»Zweiter Stock, Zimmer 216«, knurrte die Frau und schaute noch immer nicht von ihren Computerausdrucken auf.

»Danke«, sagte Marlene.

Wir stiegen in den Fahrstuhl, und ich drückte auf die 2.

»Ich hasse Fahrstuhlfahren«, sagte Marlene, nachdem sich die Tür geschlossen hatte.

»Das hast du letztens schon gesagt«, murmelte ich etwas geistesabwesend. »Marlene, weißt du, was gerade komisch war?«

»Mhm«, machte Marlene. »Die Frau wusste sofort, in welchem Zimmer Katharina Winter liegt.«

»Genau«, sagte ich, »und hier gibt es immerhin drei Etagen mit unzähligen Zimmern, in denen oft auch noch vier Betten stehen.«

»Vielleicht ist kurz vor uns schon jemand zu Besuch gekommen und hat nach ihr gefragt«, überlegte Marlene.
»Und vielleicht ist dieser jemand noch da«, murmelte ich.
In dem Moment öffnete sich die Fahrstuhltür im zweiten Stock. Keiner von uns beiden bewegte sich.
»Es könnten ja ihre Eltern sein«, meinte Marlene.
»Die hätten gewusst, in welchem Zimmer ihre Tochter liegt«, erwiderte ich.
»Vielleicht Freunde, die Großeltern, die Tante, ein entfernter Verwandter oder irgendwer«, zählte Marlene auf.
Wir schauten uns an.
»Oder irgendwer«, wiederholte ich. »Das ist genau das Problem. Ein Irgendwer, der vielleicht noch da ist und dem wir lieber nicht begegnen sollten.«
»Mensch, Anton, das ist doch Quatsch«, wisperte Marlene und ließ ihren Zopf um die Finger sausen.
In dem Moment schloss sich die Fahrstuhltür wieder. Wir fuhren nach unten und am Erdgeschoss vorbei.
»Wir fahren in den Keller«, sagte Marlene mit einer ganz seltsamen Stimme.
Ich schluckte. Was im Keller eines Krankenhauses los ist oder dort herumliegt, hatte ich noch nie wissen wollen. Die Fahrstuhltür öffnete sich, und wir starrten dem entgegen, was da kommen würde. Es war aber nur eine Schwester mit einem ratternden Wagen voller kleiner brauner Fläschchen und Gläschen.

»Na, was macht ihr denn hier?«, fragte sie.
»Der Fahrstuhl fuhr los, bevor wir einen Knopf drücken konnten«, sagte ich. Beinahe hätte ich ihr auch noch die Tafel Schokolade gezeigt und erklärt, warum wir überhaupt im Krankenhaus waren. Doch das verkniff ich mir noch rechtzeitig.
»Da war ich wohl schneller. Wo wollt ihr denn hin?«, fragte die Schwester.
»Zweiter Stock«, sagte Marlene heiser.
Die Schwester drückte EG und 2. Die Fläschchen und Gläschen klingelten leise, als wir schweigend wieder nach oben fuhren. Im Erdgeschoss schob die Schwester ihren Wagen hinaus, und die Tür schloss sich hinter ihr.
»Außerdem sind wir genau aus diesem Grund hier«, sagte ich.
»Was für ein Grund?«, fragte Marlene.
»Wir wollen doch herausfinden, was passiert ist«, sagte ich. »Ein seltsamer Besucher wäre also eine tolle erste Spur.«
»Stimmt«, sagte Marlene und grinste mich schief an.
Als wir den Gang Richtung Zimmer 216 entlangliefen, wäre ich beinahe auf die Zehenspitzen gegangen. Das war natürlich Unsinn, trotzdem wäre es schön gewesen, wenn noch irgendjemand außer uns in diesem Gang unterwegs gewesen wäre. Doch der lag völlig verwaist da. Durch die dicken Zimmertüren drang kein Laut. Nur die Neonlampen summten.
»Da vorne ist es«, sagte Marlene.
In dem Moment öffnete sich die Tür der Nummer 216. Als hätten wir es abgesprochen, hüpften wir zwischen zwei Tee-

wagen, die glücklicherweise gerade neben uns standen. Dort kauerten wir uns zusammen. Würde der Besucher nach rechts blicken, während er an den Teewagen vorbeilief, dann musste er uns sehen. Was wir dann sagen sollten, wusste ich nicht. Ich hörte, wie eine weitere Tür geöffnet wurde.

»Ach, Sie gehen schon wieder?«, fragte eine muntere Frau.

»Ich habe nicht viel Zeit«, antwortete eine belegte Männerstimme.

»Wir hoffen alle, dass es Ihrer Nichte bald bessergeht«, sagte die Frau.

Dann liefen die beiden vorbei. Sie schauten nicht in unsere Richtung. Ich warf ihnen einen Blick nach, in der Hoffnung, den Mann zu erkennen. Viel war von ihm leider nicht zu sehen. Er trug einen bodenlangen schwarzen Mantel und hatte dickes schwarzes Haar, das im Nacken eine breite Kante bildete und dadurch wie ein Helm aussah. Er benutzte einen Spazierstock, den er beim Gehen heftig aufsetzte, obwohl er nicht humpelte. Da war aber noch irgendetwas Seltsames an ihm. Ich kam jedoch nicht darauf, was es war. Als der Mann und die Schwester endlich im Fahrstuhl verschwunden waren, verließen wir unser Versteck.

»Also, wenn ich wollte, könnte ich mich jetzt richtig da reinsteigern, dass der Typ total komisch und verdächtig aussah«, sagte Marlene.

»So etwas darf uns aber nicht passieren«, sagte ich, obwohl ich genau wusste, was Marlene meinte. »Wir müssen objektiv

bleiben und genau beobachten. Mutmaßungen ohne Grundlage verfälschen die Wahrheit.«
»Alles klar, Herr Meisterdetektiv«, sagte Marlene.
Wir öffneten die Tür zu Zimmer 216. Darin standen wie erwartet vier Betten. Zwei davon waren leer, in den anderen beiden lag je ein Mädchen. Das eine hatte Kopfhörer in den Ohren und starrte auf ein iPad. Das andere am Ende des Raumes schaute aus dem Fenster. Wir liefen auf sie zu.
»Katharina?«, fragte Marlene leise.
Das Mädchen zuckte vor Schreck zusammen. Dann wandte sie uns ihr Gesicht zu. Ich versuchte, irgendwelche Verletzungen zu erkennen, aber die hatte sie nicht. Zumindest nicht im Gesicht. Allerdings wussten wir ja auch gar nicht, warum sie eigentlich im Krankenhaus lag.
»Wer seid ihr?«, fragte Katharina leise.
Da erst sah ich, dass etwas mit ihren Augen nicht stimmte. Die rollten in ihren Höhlen herum, als wären sie kleine Tiere, die irgendwo ausbrechen wollten. Ich weiß, das hört sich eklig an, aber das war es gar nicht. Katharina wirkte so, als wüsste sie nicht, wo sie hingucken sollte, oder als könnte sie mit den Sachen, die sie sah, nicht so viel anfangen. Als würde sie etwas suchen, an dem sie sich festhalten konnte.
Marlene setzte sich neben Katharina Winter auf das Bett und nahm ihre Hand. Die ließ das bereitwillig geschehen.
»Das ist Anton, und ich bin Marlene. Wir gehen in dieselbe Schule wie du.«

»Ich habe euch noch nie gesehen«, sagte das Mädchen.

»Wir sind erst seit einigen Wochen da«, erklärte ich.

»Aha, kleine Fünftklässler«, sagte Katharina und lächelte ein bisschen. Langsam beruhigten sich ihre Augäpfel, und sie sah etwas entspannter aus.

»Genau«, sagte ich und grinste. »Du bist doch Katharina Winter, oder?«

Das Mädchen nickte. »Warum besucht ihr mich?«

In dem Moment drehte sich das andere Mädchen im Nachbarbett zu uns und nahm die Kopfhörer aus den Ohren. »Na, ist dieser Psychoheini schon wieder gegangen?«

Marlene warf mir einen schnellen Blick zu.

»Dann war der Mann im Mantel gar nicht dein Onkel?«, fragte ich.

Katharina schüttelte den Kopf. »Ich habe keinen Onkel«, sagte sie. »Das war irgendein Psychologe.«

»Der war echt seltsam«, sagte das andere Mädchen und steckte sich die Kopfhörer wieder in die Ohren.

»Was wollte der Typ denn von dir?«, fragte Marlene.

Katharina schaute zu mir hoch. Ihre Augen hatten wieder angefangen, nervös herumzurollen.

»Und was wollt ihr von mir?«, fragte sie, statt zu antworten.

»Wir haben gehört, dass du hier liegst, und wollten dir eine Tafel Schokolade bringen«, sagte ich und gab ihr endlich diese blöde Schokoladentafel.

»Schoko und Keks«, sagte Katharina. »Meine Lieblingssorte.«
»Echt?«, staunte ich.
»Ich bin die Schwester von Luisa«, erklärte Marlene.
»Ach so«, sagte Katharina. Ich hatte allerdings den Eindruck, dass sie gar nicht wusste, wer Luisa ist. »Tut mir leid«, sagte sie dann auch. »Ich habe eine Gehirnerschütterung oder so was und kann mich an ganz viele Sachen nicht erinnern. Auch nicht an deine Schwester.«
»Das macht nichts«, beeilte sich Marlene zu sagen. »Deine Erinnerungen kommen bestimmt bald wieder zurück.«
»Hoffentlich nicht alle«, murmelte Katharina.
Sie öffnete die Tafel Schokolade und brach sich ein Stück davon ab. Dann bot sie uns ebenfalls ein Stück an, aber Marlene und ich schüttelten verneinend die Köpfe.
»Wie meinst du das?«, fragte ich.
Katharina drehte sich wieder zum Fenster und starrte hinaus, während sie noch ein Stück der Schokolade aß. Marlene und ich warteten.
»Ich weiß nicht, was passiert ist«, begann sie leise zu erzählen. »Meine Mutter sagt, ich wäre eigentlich in ein Sportcamp gefahren. Komisch, oder? Ein Sportcamp. Mitten im Schuljahr. Ich mache auch gar nicht so gerne Sport. Aber Mama beharrte darauf. Nach vier Tagen hat sie mich dann aber in unserem Hausflur gefunden. Ich hatte nur einen Schlafanzug an.« Katharina Winter schaute uns an. »Ich kann mich an überhaupt nichts erinnern. Ich weiß nicht, was passiert ist, wo ich war

oder wie ich in den Hausflur kam. Nichts, gar nichts. Das ist total gruselig!«

Katharina hatte ganz leise und sehr schnell gesprochen, als ob sie Angst hätte, dass sie nicht fertig werden würde, bevor … Keine Ahnung, was passieren könnte, das sie am Reden hindern würde. Sie nahm sich noch etwas von der Schokolade. Ich freute mich, dass wir die für sie gekauft hatten. Geduldig warteten wir, ob sie uns noch etwas erzählen würde. Doch Katharina starrte nur eine lange Weile stumm aus dem Fenster.

Plötzlich drehte sie ihren Kopf jedoch ruckartig zurück. Ihre Augen rollten wieder wie verloren in den Höhlen.

»Wer seid ihr? Was macht ihr hier?«, schrie sie uns an. »Runter von meinem Bett!«

Marlene sprang erschrocken auf.

»Wir sind Anton und Marlene, und wir haben dir Schokolade gebracht«, sagte ich.

»Ich mag keine Schokolade!«, schrie Katharina. Sie warf die angebrochene Tafel in hohem Bogen von sich. Dann zeigte sie mit dem Finger auf Marlene. »Du bist nicht ich! Du bist nicht ich! Du bist nicht ich!«, schrie sie und zog an ihren eigenen Haaren, als wollte sie die herausreißen. »Niemand ist ich. Niemand! Niemand! Niemand! Nur ich bin ich!«

Entsetzt starrten wir die schreiende Katharina an. Sie war völlig außer sich. Im wahrsten Sinne des Wortes, also irgendwie total aus sich raus.

»O nein, jetzt geht es wieder los«, sagte das Mädchen im Nachbarbett.
Dann wurde die Tür aufgerissen, und zwei Schwestern eilten herein.
»Kinder, ihr müsst jetzt leider gehen. Katharina geht es nicht gut«, sagte die eine zu uns.
Sie hielten Katharina zu zweit fest und sprachen beruhigend auf sie ein.
»Auf Wiedersehen«, sagte Marlene, und wir verließen ziemlich verstört Zimmer 216.

13. Auf der Suche nach den Marvelhelden

Ganz still liefen wir zu mir nach Hause. In meinem Zimmer setzten wir uns auf den Boden. Das rote Buch legten wir vor uns.
»Anton, was hat das alles zu bedeuten?«, brach Marlene endlich das Schweigen.
»Ich habe keine Ahnung«, sagte ich.
»Das war so gruselig«, flüsterte Marlene. »Als wäre Katharina zwei ganz verschiedene Personen gewesen.«
»Ich bin mir sicher, dass sie irgendetwas sehr Schreckliches erlebt hat«, murmelte ich, »und dass ein Teil von ihr das vergessen hat und der andere nicht.«
»Mhm«, machte Marlene und propellerte ihren Zopf. »Die Arme, sie tut mir so leid. Anton, wir müssen einfach herausfinden, was passiert ist.«
Ich dachte an Kaspar und Uwe Bommel.
»Unbedingt«, sagte ich.

Dann schrieben wir auf, was wir im Krankenhaus erlebt und gesehen hatten.

»Also ist der Typ mit den komischen Haaren unser erster Verdächtiger im Fall der verschwundenen Kinder«, sagte Marlene.
»Ja, das ist er. Aber wir dürfen uns nicht zu früh auf eine einzige Spur festlegen, damit wir die anderen nicht übersehen«, gab ich zu bedenken. Ich wollte auf keinen Fall einen Fehler machen. »Noch wissen wir nicht, ob Katharina und ihr seltsames Verhalten irgendetwas mit dem Verschwinden der anderen Kinder zu tun haben und ob dieser Typ da wirklich mit drinhängt.«
Marlene zwirbelte. »Aber der war total komisch. Außerdem hat er gelogen und sich als Katharinas Onkel ausgegeben.«
»Das stimmt. Es gibt aber auch noch andere, die sich in den letzten Tagen verdächtig verhalten haben. Herr Kux zum Beispiel«, sagte ich.
»Meinst du, die Polizei ist eingeschaltet?«, fragte Marlene.
»Ganz bestimmt«, sagte ich.
Und dann, wie aus dem Nichts, hatte ich es plötzlich.
»Marlene!«, rief ich aufgeregt. »Der Mann im Krankenhaus hatte tatsächlich etwas Superseltsames an sich. Ich kam die ganze Zeit nicht drauf, aber gerade fiel es mir ein!«
»Was denn?«, fragte Marlene mit großen Augen.
»Er hat den Boden nicht berührt«, sagte ich mit Grabesstim-

me. Das war keine Absicht, das passierte mir vor lauter Erschütterung.
Marlene guckte völlig verblüfft. »Wie meinst du das?«
»Genauso wie ich es sage. Seine Schuhe haben den Boden nicht berührt. Er ist einige Zentimeter darüber geschwebt. Er hat den Stock benutzt, um sich damit vorwärtszuschieben«, sagte ich.
»Quatsch!«, rief Marlene und sprang auf. Sie lief propellernd im Kreis herum. »Das ist doch völlig unmöglich, so etwas gibt es nicht!« Dann blieb sie stehen und guckte mir direkt in die Augen. »Doch, so etwas gibt es«, flüsterte sie. »Vielleicht nicht hier, aber in einem anderen Universum.«
Ich nickte. »Vielleicht sind es nämlich doch nicht zwei verschiedene Abenteuer, in die wir zufällig hintereinander geraten sind, so wie Theobald Holzhammer sagte. Ich habe keine Ahnung, wie das sein kann, aber vielleicht hängt doch alles zusammen. Das würde allerdings auch bedeuten, dass die Polizei mit ihren Nachforschungen nicht weit kommen wird.«
Marlene nickte. »Weil niemand sonst vom Paralleluniversum und den Unwahrscheinlichkeiten weiß.«
»Doch, es gibt jemanden«, sagte ich und sprang ebenfalls auf. »Marlene, wir müssen die Marvelhelden suchen!«

Das war leichter gesagt als getan. Das Institut der Zukunft gab es nicht mehr, wie wir wussten, und die echten Namen der drei Wissenschaftler kannten wir nicht.

Ich öffnete die Seite des Instituts im Internet. Hier gab es zwar keine weiteren Informationen, allerdings noch das Kontaktformular. Ich schrieb eine Mail an die drei Wissenschaftler.

Hallo Mystique, Doctor Doom und Doctor Strange,
bitte melden Sie sich bei uns. Es ist dringend, denn es gibt große Probleme, die wahrscheinlich mit den Unwahrscheinlichkeiten zusammenhängen.
Anton und Marlene

»Hoffentlich gucken die Marvelhelden noch hin und wieder auf diese Seite«, sagte Marlene.
Das taten sie nicht. Denn plötzlich poppte ein Fenster auf, in dem es hieß, dass diese Seite für Kontaktanfragen nicht mehr zur Verfügung stand.
»So was Blödes!«, schimpfte ich.
»Was machen wir nun?«, fragte Marlene und propellerte.
»Der einzige Ort, an dem sie waren und den wir kennen, ist das Haus, in dem deine Ballettschule ist«, murmelte ich.
»Wo die Marvelhelden aber nicht mehr sind«, sagte Marlene.
»Wenn man umzieht, dann wissen das doch nicht sofort alle. Das heißt, manchmal kommt noch Post zur alten Adresse«, überlegte ich.
»Nee, eigentlich nicht«, sagte Marlene. »Weil man nämlich einen Nachsendeauftrag bei der Post abgibt. Wir sind schon oft umgezogen, damit kenne ich mich aus.«

»Trotzdem. Manchmal funktioniert so was nicht hundertprozentig«, beharrte ich auf meinem Gedanken, immerhin war es die einzige Idee, die ich gerade hatte. »Marlene, lass uns trotzdem noch mal nachsehen, ob da irgendwo ein Zettel hängt, wohin die Post nachgeschickt werden soll.«

»Okay«, sagte Marlene. Sie klang aber so, als würde sie nicht viel davon halten.

»Du willst da nicht hingehen, oder?«, fragte ich.

»Nein, nicht so gerne«, murmelte Marlene. »Ich habe in letzter Zeit ein paarmal die Ballettstunde geschwänzt. Wenn mein Vater das rauskriegt, gibt es einen Riesenärger.«

»Macht es dir keinen Spaß mehr zu tanzen?«

Marlene schüttelte den Kopf.

»Vielleicht solltest du das deinen Eltern einfach sagen«, schlug ich vor. »Sie können dich ja nicht zum Ballett zwingen.«

»Na ja«, sagte Marlene und zwirbelte. »Ich hatte es mir doch damals so sehr gewünscht, weißt du.«

»Ich kann auch alleine zum Haus gehen, wenn du willst«, schlug ich vor.

»Quatsch«, sagte Marlene. »Ich komme natürlich mit.«

Wir fanden nicht den kleinsten weiteren Hinweis zum ehemaligen Institut der Zukunft. Es war, als hätte es nie existiert. Wir hatten die Schilder neben der Haustür, die Briefkästen im Treppenhaus und die Wand dahinter ganz genau inspiziert

und nichts gefunden außer den Löchern in der Außenwand, wo einmal das Schild des Instituts befestigt gewesen war. Enttäuscht setzten wir uns auf die Treppe.
»So ein blöder Mist«, murmelte Marlene.
»So ein blöder Riesenmist«, sagte ich.
Da öffnete sich die Haustür, und der Postbote kam fröhlich pfeifend herein.
»Hallo Kinder«, grüßte er uns und begann, Briefumschläge und andere Postsendungen in die Kästen zu werfen.
»Sie wissen nicht zufällig, wo das Institut der Zukunft hingezogen ist?«, fragte Marlene.
»Nein, da kann ich euch leider nicht helfen«, sagte der Postbote.
In dem Moment fiel mir auf, dass alle Briefkästen belegt waren. Eigentlich hätte doch nun einer frei sein müssen.
»Dann ist wohl sofort jemand Neues eingezogen, oder?«, fragte ich.
»Wahrscheinlich«, sagte der Postbote. »Es ist ja kein Briefkasten frei.«
Er hatte alles verteilt und verschwand wieder durch die Tür. Sofort sprang ich auf und ging zu den Briefkästen rüber.
»Wonach suchst du?«, fragte Marlene.
»Danach«, rief ich triumphierend und zeigte auf ein nigelnagelneues Namensschild an einem der Kästen. »Das ist das neueste Schild von allen. Das wurde erst vor kurzem ausgetauscht.«

Marlene kam zu mir. »Kleintierzuchtverein Wolverine. Wolverine, das ist doch ein Allesfresser, oder? So einen habe ich mal im Zoo gesehen.«
Ich lachte. »Das stimmt. Es ist aber auch ein haariger Typ mit Messern statt Fingernägeln und eine Marvelfigur.«
Wir grinsten uns an. Marlene hob die Klappe an und schaute in den Kasten.
»Der ist randvoll. Die müssten bald mal herkommen und ihre Post abholen«, sagte sie.
»Wir könnten hier auf sie warten«, schlug ich vor.
Marlene blickte skeptisch. »Das könnte ewig dauern. Ich kann nicht die ganze Nacht hier sitzen oder womöglich morgen Schule schwänzen, um hier auf die verrückten Wissenschaftler zu warten.«
Ich nickte. »Meinst du, sie haben wirklich einen Kleintierzuchtverein gegründet?«, überlegte ich.
»Ich glaube nicht, dass sie, nachdem sie ein ganzes Universum erschaffen haben, nun Kaninchen und Tauben züchten«, bezweifelte Marlene.
Ein Schauer jagte mir über den Rücken. Irgendetwas war an dem Gedanken ziemlich gruselig. Paps hatte mal gesagt, dass ein Wissenschaftler immer ein Wissenschaftler bleibt, der neugierig nach dem Neuen forscht und Fragen beantworten möchte. Ein echter Wissenschaftler lässt sich nicht aufhalten.
»Kaninchen und Tauben züchten die ganz sicher nicht«, murmelte ich.

Marlene propellerte. Ich hoffte, sie hatte keine ähnlichen Bilder von furchtbaren Chimären oder Mischwesen im Kopf wie ich.

»Auf alle Fälle braucht man für einen Kleintierzuchtverein ein Gelände. Wahrscheinlich am Stadtrand oder in einer Gartenkolonie«, sagte Marlene.

»Außerdem muss so ein Verein beim Amtsgericht angemeldet und eingetragen sein«, sagte ich. »Und die Liste dieser Vereine mit den Adressen finden wir im Internet.«

14. Die materialisierte Erbse

Am nächsten Nachmittag radelten wir an den Stadtrand. Wir hatten zwar den Kleintierzuchtverein Wolverine in der Liste der eingetragenen Vereine nicht gefunden, aber einen ohne Namen. Dem wollten wir jetzt einen Erkundungsbesuch abstatten. Wir fanden ihn inmitten von Schrebergärten, die alle total verlassen aussahen.

»Die Gärten scheint niemand zu bewirtschaften«, sagte ich. »Das ist ziemlich praktisch, wenn man heimlich Experimente machen möchte.«

»Mit Tieren und ihren Teilen«, fügte Marlene mit dunkler Stimme hinzu.

»O Mann, Marlene!«, rief ich entsetzt.

»Du hast doch gestern selbst gesagt, dass die Marvelhelden bestimmt keine Häschen und Tauben züchten«, sagte Marlene. »Irgendetwas müssen sie aber züchten, sonst hätten sie ja auch einen Dart- oder Briefmarkenverein gründen können.«

Vor der Tür einer schäbigen, aber ziemlich großen Hütte stellten wir unsere Räder ab. Das Gebäude sah aus wie etwas, das Kinder aus Sperrmüll zusammengebastelt hatten. Ein Zettel am Eingang verkündete in zerlaufener Filzstiftschrift *Kleintierzuchtverein Wolverine e. V.*

»Na, also«, sagte ich. »Etwas Glück gehört manchmal eben auch dazu.«

Ich drückte die Klinke nieder. Doch Marlene hielt mich zurück. »Wollen wir da wirklich einfach so reingehen?«, wisperte sie. »Wer weiß, was die da drin machen.«

Ich nahm Marlenes linke Hand, damit sie mit der rechten zwirbeln konnte.

»Wir sind zusammen, und uns kann doch eigentlich nichts mehr schrecken, oder? Nach all dem, was wir erlebt haben«, sagte ich.

»Nee, eigentlich nicht«, sagte Marlene.

Ihre Stimme zitterte etwas, sie ließ sich aber von mir ins muffige Innere führen. Im ersten Raum gab es nicht viel zu entdecken. Er sah genauso aus, wie ich es mir in dieser Hütte vorgestellt hatte. Bretterwände mit schiefen Fenstern umgaben ein Durcheinander wackliger Tische und Stühle. Auf einem völlig zerkratzten Tresen stand eine Zapfanlage, an der Wand dahinter war ein Kühlschrank und ein großes Regal mit Tassen und Gläsern. Alles war verstaubt und sah nicht so aus, als wäre es in letzter Zeit benutzt worden. Allerdings lagen neben einem Campingkocher ein Haufen dreckiges Geschirr, leere Erbsensuppendosen und die Verpackungen von Würstchen in Aspik.

»Hier sind wir richtig«, flüsterte Marlene und schüttelte sich.

Wir liefen durch einen kurzen Gang, von dem einige Türen abgingen. Die waren abgeschlossen. Nur die letzte ließ sich öffnen, und wir traten hindurch.

»Was macht ihr denn hier?«, rief Mystique völlig überrascht. Sie saß mit ihren beiden Freunden, Doctor Doom und Doctor Strange, an einem großen Tisch, der in der Mitte des Raumes stand. Die drei sahen noch genauso aus wie das letzte Mal, als ich sie gesehen hatte. Die Frau, die sich Mystique nannte, hatte nach hinten gekämmte tomatenrote Haare und trug ein enges schimmerndes Kleid in Knallblau. Ihre Augenlider leuchteten silbern, ganz besonders wenn sie blinzelte, was sie sehr oft tat. Doctor Doom, den wir als den Leiter des Instituts der Zukunft kennengelernt hatten, trug sein albernes grünes Cape mit der Kapuze, das ihn ein bisschen wie einen Waldwichtel aussehen ließ, obwohl das ganz sicher nicht seine Absicht war. Doctor Strange aka der Hausmeister des einstigen Instituts, hatte seinen roten Kittel an. Er spielte nervös mit der rabenschwarzen Locke, die ihm immer wieder ins Gesicht fiel, während seine Schläfen so silbern glänzten wie Mystiques Augenlider.

Das alles erfasste ich mit einem schnellen Blick. Es interessierte mich jedoch nicht halb so sehr wie der Tisch, der über und über mit vollgekritzelten Papieren beladen war, und die Wän-

de, an denen ebenfalls viele Blätter hingen. Darauf waren die allerseltsamsten Wesen skizziert.
»Guten Tag! Wir haben Sie gesucht«, sagte Marlene. »Denn wir sind auf etwas gestoßen, das ein großes Problem ist und mit den Unwahrscheinlichkeiten zusammenhängen könnte. Wir müssen unbedingt mit Ihnen darüber sprechen.«
»Um Gottes willen, Mädchen«, sagte Mystique, die sich von ihrem Schrecken über unser plötzliches Auftauchen wieder erholt hatte, »du trägst ja noch immer diese hässliche Brille und diese albernen Zöpfe.«
»Mhm«, machte Marlene und zwirbelte ganz verlegen ihren Zopf. »Ich … ich brauche diese Brille, weil ich sonst nämlich gar nichts sehe.«
»Ach, Mädchen, keine Frau braucht eine Brille.« Mystique lachte hell auf. »Schon gar nicht eine Weltretterin wie du. Denk mal darüber nach, mein Kind.«
Marlene sah hilflos zu mir herüber. Ich spürte, dass ihr das Ganze furchtbar peinlich war, aber ich konnte mich in dem Moment nicht darum kümmern. Meine ganze Aufmerksamkeit galt den Zeichnungen an den Wänden. Jede von ihnen zeigte eine äußerst seltsame Kreatur. Absurde, scheußliche und furchterregende Wesen.
»Was ist das hier?«, fragte ich schließlich viel heftiger, als ich wollte.
Die drei Marvelhelden schauten mich an, antworteten aber nicht.

»Ist es das, was ihr … ihr Verrückten jetzt plant?«, stieß ich hervor. »Gruselige Mischwesen? Schweine mit Entenköpfen und Fischschwänzen? Katzen mit Molchkörpern und Gänsefüßen?« Je länger ich mir die Bilder anschaute, desto wütender wurde ich. Ich kriegte mich überhaupt nicht mehr ein. »So etwas ist total unmoralisch. Nur weil man manche Sachen machen kann, heißt das doch nicht, dass man die auch machen muss! Oder darf!« Die anderen starrten mich noch immer stumm an. Mir kam das sehr entgegen, denn ich war noch lange nicht fertig. »Habt ihr Helden denn gar nichts gelernt? Euer bescheuertes Paralleluniversum ist euch total entglitten und war plötzlich supergefährlich für die Existenz unsere Erde. Wir mussten euch und unsere Welt retten, weil ihr es selbst nicht konntet! Erinnert ihr euch noch daran? Und wir wissen nicht, ob wir nicht vielleicht doch noch in Gefahr sind. Aber anstatt euch darum zu kümmern, dass alles wieder in Ordnung kommt, habt ihr – zack! – schon die nächste bescheuerte Sache geplant. Verdammt nochmal! Löwen mit zwei Mäuseschwänzen und Fledermausflügeln! Was soll das alles? Und außerdem, Marlene, lass dir bloß nichts einreden. Deine Zöpfe sind völlig in Ordnung, auch wenn der rechte viel kürzer ist als der linke. Und die Brille kann nicht verbergen, dass du superschöne Augen hast.«

Dann musste ich erst einmal Luft holen.

»Bist du jetzt fertig?«, fragte Doctor Doom.

»Eigentlich nicht«, knurrte ich.

»Ich würde trotzdem gerne auch einmal etwas sagen«, schaltete sich Doctor Strange ein. »Anton, du missverstehst das hier völlig. Wir wollen keine Chimären kreieren. Wir sind zwar mit Herz und Seele Wissenschaftler. Aber wir haben aus unseren Erfahrungen gelernt.«

»Aber was ist das dann alles?«, fragte ich und deutete auf die Zeichnungen.

»Wir erstellen ein Bestiarium«, sagte Doctor Doom.

»Ein was?«, fragte Marlene.

Ich traute mich gar nicht, zu ihr hinzuschauen, nach all dem was ich gesagt hatte. Besonders nach den letzten Worten, die mir einfach so mit rausgerutscht waren.

»Ein Bestiarium ist ein Nachschlagewerk, in dem die Eigenschaften von Fabelwesen beschrieben werden«, erklärte Doctor Strange.

»Also, so etwas wie ein Fantasy-Buch?«, fragte Marlene.

Doctor Doom stöhnte auf.

»So ungefähr kann man das tatsächlich sagen«, meinte aber Doctor Strange.

»Dürften wir jetzt endlich erfahren, warum ihr hier so einfach reinplatzt?«, wollte Mystique wissen.

»Wir glauben, dass die Gefahr des Paralleluniversums doch nicht gebannt ist«, sagte ich auf einmal ganz ruhig.

»Setzt euch doch erst einmal«, lud uns Doctor Strange ein.

Marlene und ich setzten uns auf zwei freie Stühle am überladenen Tisch.

»Warum glaubt ihr das?«, fragte Doctor Doom.
Ich holte das rote Buch aus meiner Tasche. Seite für Seite gingen wir es durch und erzählten den Marvelhelden alles, was uns passiert war, seitdem wir ihr Paralleluniversum der Unwahrscheinlichkeiten verlassen hatten.
Als wir damit fertig waren, schauten sich die drei an. Ich sah, dass Mystique eine Augenbraue hochzog und Doktor Doom ganz sachte den Kopf schüttelte. Was war hier los? Wussten sie etwas, das wir nicht wussten? Sie sagten aber nichts, sondern blickten uns nur schweigend an.
»Wir waren bei Ihrem ehemaligen Institut. Die unmögliche Etage mit dem Universum scheint weg zu sein«, sagte ich. »Sie haben Ihr Versprechen gehalten und das Paralleluniversum implodieren lassen, nicht wahr?«
Die drei nickten.
»Es ist also ganz und gar verschwunden?«, fragte Marlene.
»Nicht ganz und gar«, sagte Mystique gedehnt. »Es ist nun so groß wie eine Erbse.«
»Allerdings hat sich diese *Erbse* beim Implodieren tatsächlich materialisiert«, sagte Doctor Doom und räusperte sich. »Ein *Parallel*universum dürfte sich allerdings nicht materialisieren. Es dürfte weder irdische Materie besitzen noch irdischen Raum einnehmen. Nicht einmal den einer Erbse.«
Ganz klar, Doctor Doom klang besorgt.
»Aber es hatte auch vorher schon irdischen Raum eingenommen«, warf Marlene ein. »Es war doch da!«

Doctor Doom schüttelte den Kopf. »Nein, war es nicht, nicht in unseren Dimensionen, sondern auf einer anderen Ebene, parallel existierend, wie der Name schon sagt.«
»In einer unwahrscheinlichen, also nicht irdischen Etage«, fügte Doctor Strange hinzu.
»Und wo ist diese *materialisierte Erbse* jetzt?«, fragte ich.
Doctor Doom warf Mystique einen schnellen Blick zu, dann räusperte er sich. Mystique griff sich an den Hals. Dort trug sie eine goldene Kette, die sie abnahm.
»Hier«, sagte sie und zeigte uns den Anhänger der Kette, eine kleine goldene Kugel. Sie hatte ein Scharnier, und man konnte sie aufklappen, wie diese Ringe, die Giftmörder oft tragen. In der Kugel lag ein kleines verschrumpeltes Etwas – das Paralleluniversum der Unwahrscheinlichkeiten, in dem wir drei Tage umhergeirrt waren.
»Das ist ja absolut unglaublich«, flüsterte Marlene.
»Denken Sie, es ist möglich, dass daraus noch irgendetwas hinausgelangen kann?«, fragte ich.
»Das denke ich nicht«, sagte Doctor Doom. »Die Masse ist dermaßen verdichtet, davon kann sich nicht einmal ein Atom abspalten.«
»Obwohl sie überraschend leicht ist«, murmelte Doctor Strange.
»Also, Sie denken, nein?«, fragte ich noch einmal.
»Wir denken es nicht, wir wissen es«, sagte Mystique.
Ich hatte da einige Zweifel, erstens schien Mystiques Stimme

seltsam belegt zu sein, als sie das sagte. Zweitens hätte es ja auch sein können, dass die Marvelhelden wieder den Fehler machten, ein physikalisches Gesetz unseres Universums auf ein paralleles anzuwenden. Vielleicht gab es in dessen Dimensionen ja gar keine extrem verdichtete Masse mit unendlicher Anziehungskraft, also so was wie schwarze Löcher. Ich sagte aber nichts, denn das Ganze war verwirrend genug. Wir schwiegen eine Weile, in der Mystique die Kette wieder um ihren Hals legte.

»Glauben Sie, die verschwundenen Kinder und das Paralleluniversum der Unwahrscheinlichkeiten haben irgendetwas miteinander zu tun?«, fragte ich dann.

Die Männer schüttelten heftig die Köpfe.

»Warum sollten sie?«, fragte Doctor Doom. »Das würde keinerlei Sinn ergeben.«

»Es gibt überhaupt keinen Zusammenhang«, brummte Doctor Strange.

Ich wollte schon aufatmen, denn sie klangen sehr überzeugt.

»Das stimmt nicht«, rief da Marlene aufgeregt. »Der seltsame Mann, der Katharina Winter im Krankenhaus besucht hat, ist über dem Boden geschwebt. Das war eine Unwahrscheinlichkeit!«

»Wahrscheinlich hat sich Anton nur verguckt«, sagte Doctor Strange etwas abfällig.

»Das habe ich nicht!«, rief ich heftig und schlug auf den Tisch. »Ich bin ein sehr guter Beobachter. Der Mann ist geschwebt.«

»Na ja«, machte nun auch Doctor Doom und lächelte von oben herab, wie es manche Erwachsene so gut drauf haben. Das machte mich noch wütender. Ich überlegte gerade, welche Worte ich den Marvelhelden am besten an den Kopf werfen könnte, als sich Mystique räusperte.
»Vielleicht sollte ich euch allen etwas sagen«, murmelte sie.
Wir drehten ihr die Köpfe zu, auch die beiden Marvel-Doctors.
»Was hast du uns zu erzählen?«, fragte Doctor Doom.
»Er ist wieder da«, sagte Mystique leise. »Ich habe ihn gesehen. In der Stadt.«
»Wen?«, fragten Doctor Doom, Doctor Strange, Marlene und ich wie aus einem Mund.
»Doctor Octopus«, flüsterte Mystique.
»Der Silikonmann?«, rief ich voller Entsetzen. »Aber der ist doch im Paralleluniversum geblieben und dort unwahrscheinlich geworden.«
»Das haben wir doch alle auf dem Monitor beobachtet«, flüsterte Marlene.
»Wir haben geglaubt, das zu beobachten«, sagte Mystique. »Aber wirklich sehen konnten wir das nicht.«
»Weil der Silikonmann hinter einem Felsen lag«, murmelte ich erschüttert.
»Tatsächlich haben wir nur gesehen, dass die Silikonhaut hohl wurde«, sagte Doctor Strange bestürzt. »Er könnte sie auch einfach ausgezogen und sich in Sicherheit gebracht haben.«

15. Doctor Octopus

Der Silikonmann lebte! Eine winzige Sekunde lang fühlte ich Erleichterung. Es war nicht besonders schön gewesen, zu beobachten, wie er zu einem Nichts geworden war, und ich hatte mich öfter gefragt, wie sich das anfühlte. Merkte man das? Konnte man selbst dabei zuschauen, wie man einfach verschwand, als hätte es einen nie gegeben? Und was war das Letzte, was von einem blieb? Ein Haar oder ein Gedanke?

Aber der Silikonmann lebte. Waren Marlene und ich nun in Gefahr? Er hatte versucht, uns zu töten.

»War es Doctor Octopus, der die Kinder entführt hat?«, fragte ich.

»Warum sollte er das tun?«, wunderte sich Doctor Doom.

»Ich weiß es nicht«, murmelte ich.

Immerhin war der Silikonmann aka Doctor Octopus völlig verrückt und hatte versucht, das Gleichgewicht unserer Welt zu zerstören, indem er Unwahrscheinlichkeiten aus dem Paralleluniversum herüberbrachte. Warum sollte jemand *das* wollen? Wer wusste denn, welchen durchgeknallten Plan der Typ nun verfolgte? Opo sagt immer, es ist müßig, weil völlig unmöglich, die Gedanken eines Verrückten zu verstehen, es sei denn, man ist selbst ein bisschen verrückt.

»Brauchen Verrückte Gründe für ihr Tun? Oder besser gefragt: Können wir normalen Menschen die Gründe eines Verrückten nachvollziehen?«, fragte Doctor Strange seinen Freund und Kollegen Doctor Doom.

Ich starrte den Mann im roten Kittel und den im grünen Cape an, die die Namen und die Frisuren von Comicfiguren trugen und das ernst meinten. *Wir normalen Menschen*, hatte Doctor Strange gesagt. Ich musste mir ein Grinsen verkneifen, denn das war echt zum Lachen.

»Also war der Typ im Krankenhaus, der sich den Schwestern als Katharinas Onkel und ihr selbst als Psychologe vorgestellt hatte, vielleicht dieser Doctor Octopus«, überlegte Marlene.

»Na klar!«, rief ich. »Er konnte schweben.«

Ich warf den Marvelhelden einen herausfordernden Blick zu. Doctor Doom seufzte.

»Das könnte tatsächlich sein«, gab er dann zu. »Es gab im Paralleluniversum ein Metall mit einer sehr hohen, aber negativen Masse, die die Gravitation umkehrte.«

»Was bedeutet das?«, fragte Marlene.

»Es flog hoch, anstatt auf den Boden zu fallen«, murmelte ich.
»Ein kleines Stück davon in der Hand konnte dafür sorgen, dass man schwebte«, fuhr Doctor Doom fort.
»Wir haben damit viel Spaß gehabt«, sagte Mystique leise.
»Na also«, sagte ich.
Doch für Triumph blieb mir keine Zeit, dazu war die Lage viel zu ernst und gefährlich. Marlene und ich hatten Doctor Octopus immer nur in der Silikonhaut oder von hinten gesehen. Wir würden ihn nicht erkennen, wenn er uns von Angesicht zu Angesicht gegenüberstünde.
»Wie sieht dieser Doctor Octopus eigentlich aus?«, fragte ich.
Mystique kramte in ihrer Tasche herum und holte ein verknicktes Bild hervor.
»Du hast immer noch ein Foto von ihm?«, fragte Doctor Doom verärgert.
»Das geht dich nichts an«, fauchte Mystique.
Mir fiel ein, dass sie und Doctor Octopus vor langer Zeit einmal ein Liebespaar gewesen waren.
»Das ist ein altes Bild«, sagte Marlene enttäuscht.
»Das stimmt«, sagte Mystique. »Es ist vor zwanzig Jahren aufgenommen worden.«
Marlene und ich betrachteten das alte Foto. Darauf war ein ganz normaler Mann zu sehen. Allerdings trug er einen schwarzen Mantel und eine seltsam kantige Frisur mit einem kurzen Pony.
»Das ist ganz bestimmt der Mann aus dem Krankenhaus«,

sagte Marlene. »Derselbe Mantel und dieselben komischen Haare.«
»Die Haare könnten heute eine Perücke sein. Immerhin kriegen Männer im Alter oft eine Glatze«, sagte ich. »Blöderweise sieht das Gesicht ganz normal aus. Der Typ sieht aus wie ein Jedermann.«
Ich sah, dass Mystique etwas zusammenzuckte. Dabei meinte ich das gar nicht böse. Aber ich finde, dass viele Menschen sehr gleich und oft auch irgendwie grau aussehen, gerade wenn sie schon älter sind. Solange ich die nicht persönlich kenne, kann ich sie nicht gut auseinanderhalten.
»Ohne den Mantel und die Frisur würde ich den nicht erkennen«, wisperte Marlene, und ich konnte ihre Angst spüren. »Falls der immer noch hinter uns her ist, dann –« Sie unterbrach sich und schaute mich mit angstvollen Augen an. »Darum haben wir uns so verfolgt gefühlt, Anton«, wisperte sie. »Weil wir tatsächlich verfolgt wurden.«
»Marlene, bitte, steigere dich da nicht rein«, sagte ich und versuchte, irgendwie beruhigend zu klingen, obwohl ich gerade dasselbe gedacht hatte.
»Ich glaube nicht, dass er euch töten will«, sagte Mystique leise.
»Das dürfen Sie ja auch nicht glauben, denn es würde bedeuten, dass Sie einen Mörder geliebt hätten«, sagte ich.
Mystique schluckte schwer. Ich sah, dass Tränen in ihre Augen traten. Doch sie ließ sie nicht hinablaufen.

»Was Mystique meint ist, dass Doctor Octopus im Paralleluniversum zwar mit der Gummiballpistole auf euch angelegt und auch abgedrückt hat, er aber wusste, dass die Bälle euch nicht treffen würden«, sagte Doctor Strange.
»Ich glaube auch nicht, dass Dieter irgendwen ermorden könnte«, brummte Doctor Doom.
Er musste innerlich sehr aufgewühlt sein. Zum ersten Mal erlebte ich es, dass einer der Helden aus der Marvelrolle fiel und den bürgerlichen Namen für einen der anderen benutzte.
»Aber er hat riskiert, dass die Welt die Balance verliert und daran kaputtgeht«, rief Marlene. »Dann hätte er alle Erdenbewohner umgebracht.«
Die drei Marvelhelden blickten betroffen auf den überladenen Tisch.
»Es würde mich jedenfalls sehr interessieren, warum Dieter Doofmann Kinder entführt«, sagte ich in die plötzliche Stille hinein.
Marlene kicherte.
»Also, das wissen wir ja nun wirklich nicht«, sagte Mystique. »Außerdem heißt er nicht Dieter Doofmann.«
»Das passt aber zu ihm«, sagte ich.
Egal, was die Helden noch sagen wollten, ich war mir nun sicher, dass Dieter Doofmann aka Silikonmann aka Doctor Octopus unser Mann war. Ich wusste nicht was, aber er hatte ganz sicher etwas mit den verschwundenen Kindern zu tun. Sonst wäre er ja nicht unter falschem Namen zu Katharina

Winter ins Krankenhaus gegangen. Besser gesagt, geschwebt. Wahrscheinlich wollte er überprüfen, ob sie sich an irgendetwas erinnern konnte, das ihn auffliegen lassen würde.

»Solange er seinen Mantel, die seltsame Frisur und das unwahrscheinliche Metall in der Tasche trägt, ist es kein Problem, ihn zu erkennen«, sagte ich.

»Es wundert mich aber doch, dass das Metall noch seine Unwahrscheinlichkeit innehat«, murmelte Doctor Doom.

»Du hast recht. Eigentlich hätte es längst wahrscheinlich werden müssen. Die Unwahrscheinlichkeiten haben hier keine Chance«, stimmte Mystique ein.

»Inzwischen müssten sie alle gewandelt sein«, ließ sich nun auch Doctor Strange vernehmen.

Plötzlich begannen die drei in wissenschaftlicher Manier darüber zu diskutieren. Sie vertieften sich so sehr in ihr Thema, dass sie uns völlig vergaßen.

»Das ist ja auch irgendwie eine Flucht vor dem echten Leben, wenn man Wissenschaftler ist, oder?«, sagte ich und beobachtete sie fasziniert.

»Mhm«, machte Marlene und propellerte. »Genauso wie Computerspielen und Comiclesen.«

»Alles Nerds«, sagte ich.

Dann gingen wir, ohne auf Wiedersehen zu sagen. Aber das merkten die drei sowieso nicht.

In einem der verlassenen Gärten entdeckten wir eine Bank, auf die wir uns niederließen. Ich holte das rote Buch und einen Stift aus meiner Tasche. Es dauerte einige Minuten, dann hatten wir alle neuen Informationen aufgeschrieben.

»Jetzt müssen wir nicht nur nach den verschwundenen Kindern suchen, sondern auch herausbekommen, ob wir in Gefahr sind«, murmelte Marlene.

»Wir könnten Theobald Holzhammer fragen, ob ihm etwas aufgefallen ist, ob wir eventuell verfolgt werden oder so«, schlug ich vor.

»Das ist eine gute Idee«, sagte Marlene. »Unsere Familien können wir ja nicht fragen, die würden ausrasten und alles wissen wollen, um es am Ende doch nicht zu glauben.«

»Wenigstens haben wir jetzt tatsächlich einen echten Hinweis, quasi eine richtig dicke Spur«, sagte ich.

»Obwohl der schwebende Dieter Doofmann eigentlich gar keine Spuren hinterlässt«, sagte Marlene. »Also, jedenfalls keine Fußspuren.«

Ich schaute sie an, und wir brachen in ein lautes Lachen aus. Das fühlte sich in dem Moment richtig gut an.

»Danke, Anton«, sagte Marlene auf einmal.

»Wofür denn?«, fragte ich überrascht.

Marlene senkte den Blick, und ich sah, dass sich ein rötlicher Schimmer über ihre Wangen legte.

»Wegen vorhin und dem, was Mystique gesagt hat«, stammelte sie. »Wegen meiner Zöpfe und der Brille.«

Nun war ich verlegen, denn mir fielen siedend heiß die letzten Worte meiner Tirade an die Marvelhelden wieder ein.
»Dafür brauchst du dich nicht zu bedanken. Das habe ich genauso gemeint«, brummte ich und schaute mich in diesem Garten, in dem wir saßen, etwas genauer um. »Ich glaube, die Kürbisse da hinten könnte man ernten.«
»Mhm«, machte Marlene. »Die sehen so aus, als könnte man eine gute Suppe draus kochen.«

16. Das Marvelabzeichen

Obwohl wir natürlich keine Beweise hatten, waren wir uns sicher, dass der Silikonmann, den wir von nun an nur noch Dieter Doofmann nennen würden, Kaspar, Uwe Bommel und die Schüler aus der Sechsten entführt hatte. Wir hatten allerdings keine Ahnung, warum. Katharina Winter konnte sich an nichts erinnern. Außerdem war sie einfach zu geschockt, als dass wir sie noch einmal mit unseren Fragen belasten wollten. Wir mussten der Lösung also auf einem anderen Weg näher kommen.
Darüber dachte ich nach, während wir unsere Räder nach Hause schoben und ich den großen Kürbis auf meinem Sattel balancierte. Den legten wir später Marlenes Mutter in die Küche, und dann machten wir es uns in der bunten Ecke des Kinderzimmers bequem. Dort zerbrachen wir uns die Köpfe darüber, welche Gemeinsamkeiten die verschwundenen Kinder haben könnten. Klar, sie fielen alle in der Schule auf, weil

sie laut oder zappelig, frech oder aufmüpfig waren. Aber von solchen Kindern gab es doch viele mehr als nur diese fünf. Tim zum Beispiel oder auch mich.
»Warum sind die verschwundenen Kinder alle auf derselben Schule? Ist das Zufall? Oder wohnt Dieter Doofmann hier irgendwo in der Nähe?«, überlegte ich und musste schlucken.
»Komisch ist doch auch, dass keiner der Eltern eine Vermisstenanzeige aufgegeben hat«, sagte Marlene.
»Das wissen wir doch gar nicht. Nur weil es nicht in der Zeitung stand, heißt das ja nicht, dass es nicht passiert ist. Es könnten verdeckte Ermittlungen stattfinden«, sagte ich.
»Mhm«, machte Marlene. »Ich dachte eigentlich immer, bei Vermissten wird die Bevölkerung zum Mitsuchen aufgefordert, von wegen sachdienliche Hinweise und so.«
»Das stimmt allerdings«, musste ich zugeben. »Gerade wenn die Vermissten Kinder sind. Außerdem hat Katharinas Mutter ja gedacht, ihre Tochter sei in einem Sportcamp.«
»Das ist alles sehr komisch«, sagte Marlene.

Irgendwann verließen wir Marlenes Wohnung und zeigten Theobald Holzhammer die Skizze von Dieter Doofmann, die ich im roten Buch gemacht hatte. Wir saßen in der Kneipe, die noch immer eine Baustelle war. Theobald Holzhammer hatte auf unser Klopfen hin den Nebeneingang geöffnet und uns auf eine Limonade eingeladen.

»So einer? Ja, der treibt sich hier im Viertel rum. Schon seit Jahren«, sagte Theobald Holzhammer.
Marlene zog die Luft scharf ein, und mir stockte für einen Moment der Atem.
»Seit Jahren schon«, flüsterte Marlene.
Theobald Holzhammer nickte. »Ob der Kerl nun schwebt oder nicht, das kann ich nicht sagen, aber den Mantel und diese Frisur, die kenne ich. Ich habe mir ja sogar seinen alten Mantel aus der Mülltonne geholt. Da hatte er ihn nämlich entsorgt, dabei war der noch tipptopp in Schuss.«
Ich erinnerte mich an Theobald Holzhammer, als wir ihn das erste Mal trafen. Da war er ein Obdachloser in einem zerlumpten schwarzen Mantel. Mich fröstelte es.
»Warum ist er uns denn niemals aufgefallen?«, wunderte sich Marlene.
»Weil er nicht wichtig für euch war«, sagte Theobald Holzhammer. »Ich lebe auch schon viele Jahre in diesem Viertel. Ich habe dich, Anton, oft gesehen, wenn du mit deinem großen Ranzen auf dem Rücken und einem trotzigen Gesicht in die Grundschule liefst. Und ich habe gesehen, als deine Familie, liebe Marlene, im Sommer hierherzog. Und ihr? Habt ihr mich auch gesehen? Einmal vielleicht?«
»Erst als Sie uns ansprachen«, sagte Marlene beschämt.
»Seht ihr, das meine ich«, sagte Theobald Holzhammer und schien sehr zufrieden mit sich.

»Haben Sie den Eindruck, dass der Typ uns irgendwie beobachtet oder verfolgt?«, fragte ich.
»Jetzt, wo ihr es sagt, ja, das könnte durchaus sein.« Theobald Holzhammer nahm einen großen Schluck aus seinem Glas. Gebannt warteten wir, was er noch sagen würde. »Obwohl, sicher bin ich mir da nicht. Ich kann mir auch nicht vorstellen, dass dieser Mann Kinder entführt. Warum sollte er das tun? Allerdings kann man sagen, dass er mir doch immer wieder ins Auge fiel, wegen seiner Herumschleicherei. Ich hielt ihn sogar für einen Kollegen, also einen früheren Kollegen, nun bin ich ja Restaurantbesitzer. Ich war mir sicher, der hätte sich ein heimliches Lager im Gymnasium eingerichtet, so oft wie ich ihn da rein- und rausspazieren sah.«
In dem Moment klirrte etwas. Mir war die Limoflasche aus der Hand gerutscht.

»Vielleicht ist er tatsächlich obdachlos geworden, nachdem ihn seine Kollegen aus dem Team geschmissen hatten«, vermutete Marlene auf dem Heimweg von der Kneipe.
»Er hatte Allmachtsphantasien«, sagte ich. »Mit einem so verrückten und verantwortungslosen Typen kann man nicht mehr zusammenarbeiten.«
»Ich will ihn ja gar nicht verteidigen«, sagte Marlene und zwirbelte ihren Zopf. »Aber vielleicht ist seine Verrücktheit auf der Straße eben noch größer geworden.«

»Das ist sie garantiert, immerhin hat er die Unwahrscheinlichkeiten hierhergebracht.«

»Und ganz bestimmt hat er die Kinder entführt, auch wenn uns das keiner glauben will«, murmelte Marlene. »Was macht er nur mit ihnen?«

Wir starrten uns erschrocken an, und ich dachte an die völlig verstörte Katharina Winter.

»Wir wissen nicht, ob Dieter Doofmann sie tatsächlich entführt hat«, sagte ich.

»Ach, Anton! Er hat aber Katharina Winter im Krankenhaus besucht. Warum war er da, wenn er nichts mit den Entführungen zu tun hat?« Marlene war richtig aufgebracht.

»Aber vielleicht sind die Kinder ja gar nicht entführt worden!«, entgegnete ich, obwohl ich das selbst längst glaubte.

»Das wissen wir nicht, das ist nur eine Vermutung ohne jeden Beweis! Sie könnten doch tatsächlich alle in einem Sportcamp sein.«

Marlene sagte nichts, sie warf mir aber einen vielsagenden Blick zu.

Ich zerbrach mir weiter den Kopf, denn ich wollte nichts übersehen. Dazu hatte ich zu viele von Mamas Krimis gelesen, als dass mir das passieren durfte. Wie oft hatte sich ein Kommissar auf einen Verdächtigen festgelegt, während der wahre Mörder weitermachte. Aber mir fiel wirklich kein anderer logischer Grund ein, warum Dieter Doofmann im Krankenhaus gewesen sein sollte, außer dass er prüfen wollte, woran Katharina sich erinnerte. Und warum sollte einer das tun, wenn er keinen Dreck am Stecken hatte?

»Wir müssen die anderen Kinder so schnell wie möglich finden. Und die Hinweise deuten tatsächlich in die Schule. Zumindest die Hinweise, die wir haben«, sagte ich schließlich.

»Morgen durchsuchen wir die Schule bis in die kleinste Ecke«, bestimmte Marlene. »Und wenn es die ganze Nacht dauert.«

Später am Abendbrottisch versuchte ich, mich so unauffällig wie möglich zu benehmen.

»Anton, ist alles in Ordnung?«, fragte Mama dennoch.

»Klar«, sagte ich und griff nach einem Käsebrot, obwohl ich überhaupt keinen Hunger hatte. Ich würgte es trotzdem hinunter, sonst hätten Mama und Paps nicht aufgehört zu fragen. Zum Glück war Opo mit Tante Uli unterwegs, sonst hätte ich gar keine Chance gehabt. Außerdem wusste Opo ja über einige Sachen Bescheid. Zum Beispiel, dass Marlene und ich uns verfolgt fühlten und aus einer fragwürdigen Quelle sehr viel Geld besaßen.

»Morgen nach der Schule gehe ich übrigens mit zu Marlene und esse da auch zu Mittag. Es gibt Kürbissuppe. Marlenes Mutter kocht die nach einem Geheimrezept mit ganz vielen Gewürzen. Die schmeckt dann fast ein bisschen wie ein Weihnachtskuchen, also, jetzt nicht wirklich wie ein Kuchen, eher wie eine Weihnachtssuppe, ein bisschen süß und nach Orangen, nach Zimt und Muskat. Fast wie Plätzchen, die –«

»Anton«, sagte Mama und schaute mich ernst an. »Möchtest du uns irgendetwas sagen?«

»Nö, wieso?«, fragte ich und biss schnell in mein Käsebrot.

Paps stand auf und holte sein altes Handy aus der Krimskramsschublade. Das schob er mir hin.

»Anton, nimm das Telefon doch bitte morgen mit, okay? Es ist noch ein Restguthaben darauf. Nur für den Fall, dass du gerne einen von uns anrufen möchtest«, sagte er.

Dann setzte er sich wieder, schmierte sich noch ein Brot und erzählte uns von einer lustigen Patientin, die heute bei ihm in der Praxis gewesen war. Ich konnte gar nicht zuhören, sondern starrte beschämt meinen Teller an, auf dem noch ein halbes Gürkchen lag. Sie hatten bestimmt gemerkt, dass ich gelogen hatte. Und trotzdem vertrauten sie mir. Auch wenn es Mama viel schwerer fiel als Paps. Sie warf mir immer wieder fragende Blicke zu. *Bitte entschuldigt*, dachte ich, *aber es geht nicht anders, weil ihr mir nicht glauben würdet.*

Ich weiß gar nicht, wie der restliche Abend, die Nacht und die Schulstunden am nächsten Tag vergehen konnten. Am liebsten wäre ich in der Nacht noch auf- und in die Schule eingebrochen. Nach allem, was wir erfahren hatten, war ich mir inzwischen sicher, dass die Spur genau dorthin führte.

In der letzten Stunde hatten wir Physik bei Herrn Kux. Ich konnte es kaum ertragen, wie langsam und leise der sprach und wie zäh die Zeit dahinkroch. Am liebsten hätte ich an der großen Uhr über der Tafel gedreht, aber das hätte ja nichts genutzt. Die Zeit wäre trotzdem nicht schneller vergangen. Herr Kux erklärte, wie ein Thermometer funktioniert. Ich fand das total langweilig. Jedes Kind in der fünften Klasse weiß doch, wie man auf einem Thermometer die Temperatur abliest und was es bedeutet, wenn da fünfundzwanzig Grad Celsius steht. Genau, Sommer! Und bei null Grad Celsius kann man einen Schneemann bauen, falls es vorher geschneit hat. Zumindest braucht man dann eine Mütze. Obwohl ich keine Mützen mag. Die kratzen immer so am Kopf. O Mann, ich wurde noch ganz verrückt vor unsinnigen Gedanken.

Ich wollte endlich mit Marlene das Schulgebäude inspizieren. Irgendwo in diesem riesigen Kasten musste das geheime Versteck von Dieter Doofmann sein. Warum auch immer sich der Silikonmann diese Schule ausgesucht hatte und was auch immer er hier machte.

Ich saß wie auf heißen Kohlen und beobachtete den schleichenden Sekundenzeiger. Neben meinem Schulranzen lag meine Sporttasche. Darin waren das rote Buch, mein Multitool, eine Taschenlampe und das alte Handy von Paps.

Plötzlich stach mir ein Glitzern ins Auge. Es kam von Herrn Kux' Kragen. Aus irgendeinem Grund machte mich das su-

perneugierig. Mein Herz beschleunigte vor Aufregung sogar seinen Schlag. Was war das?
Ich hörte unserem Physiklehrer zwei Minuten lang zu, so dass ich die nächste Frage beantworten konnte, damit ich an die Tafel gehen musste. Als ich an Herrn Kux vorbeilief, konzentrierte ich mich auf die glitzernde Stelle an seinem Kragen. Und dann erkannte ich es. Herr Kux trug dort einen kleinen Anstecker – das Marvelabzeichen! Das konnte kein Zufall sein! Ich hatte es sowieso schon geahnt, aber nun hatte ich Gewissheit: Herr Kux steckte in der ganzen Sache mit drin.

Einen weiteren Hinweis, dass sich nun alles verdichtete und die Sache nicht mehr aufzuhalten war, hätte ich gar nicht mehr gebraucht. Blöderweise bekamen wir ihn dennoch, als ich nach der Physikstunde in meine Sporttasche griff, um das rote Buch herauszuholen. Ich wollte noch schnell das mit dem Marvelabzeichen an Herrn Kux' Kragen notieren.
»Marlene!«, raunte ich erschrocken. »Marlene, es ist weg! Jemand hat das rote Buch aus meiner Tasche gestohlen!«

17. Unter der Kellertreppe

Eigentlich ist nach der sechsten Stunde in der Schule noch total viel los. Von wegen vereinsamte Flure oder so. Die älteren Jahrgänge haben bis weit in den Nachmittag hinein Unterricht. Es wäre also niemandem aufgefallen, wenn wir durch die Gänge gelaufen wären, um nach dem geheimen Versteck von Dieter Doofmann zu suchen.

Aber erst einmal hatten wir etwas anderes zu tun. Es galt, einen Schock zu überwinden, und dazu brauchten wir Ruhe. Wir stiegen bis unters Dach des Schulgebäudes. Dort oben gibt es einen großen Raum, in dem wir in manchen Vertretungsstunden Gymnastik machen müssen oder Völkerball spielen. Wir kletterten in der letzten Ecke auf einen hochbeladenen Mattenwagen.

»Wer kann unser Buch geklaut haben?«, fragte Marlene verstört.

»Ich weiß es nicht«, murmelte ich.

»Vielleicht hast du es verloren«, sagte Marlene.

Ich schaute sie an. »Marlene, in diesem Buch stehen all unsere Geheimnisse, Beobachtungen und Vermutungen. Glaubst du wirklich, ich wäre so blöd, das irgendwo zu verlieren?«

»Nein, das glaube ich nicht«, sagte Marlene und zwirbelte wie verrückt ihren Zopf.

»Außerdem hatte ich es in der letzten Stunde noch. Ich vermute, Kux hat es geklaut«, sagte ich. »Allerdings weiß ich nicht, wann und wie er das gemacht haben soll.«

»Ich bin mir sicher, dass Dieter Doofmann das Buch hat. Wir haben nur nicht gemerkt, wie er es stahl«, sagte Marlene. »Wir sind in echter Gefahr, Anton. Dieter Doofmann kennt uns sowieso schon aus dem Paralleluniversum. Nun kann er in dem Buch lesen, dass wir ihm auch hier auf der Spur sind.«

»Auch wenn ich mir überhaupt nicht vorstellen kann, wie der da rangekommen sein soll. Wir haben doch den ganzen Tag nach ihm Ausschau gehalten«, sagte ich.

»Eigentlich sind wir sogar in doppelter Gefahr«, fuhr Marlene unbeirrt fort. »Das einzig Gute an der Sache ist, dass Dieter Doofmann uns nicht zweimal umbringen kann.«

»Marlene!«, rief ich, aber sie zuckte nur mit den Schultern und propellerte.

Tatsache war, dass wir in einem ziemlichen Schlamassel steckten.

»Anton, was sollen wir tun?«, fragte Marlene.

»Wir sollten uns auf alle Fälle beeilen«, sagte ich. »Je schneller wir sein Versteck entdecken, desto weniger Zeit hat Dieter Doofmann, Beweise aus dem Weg zu schaffen oder sich einen fiesen Plan zu überlegen, was er mit uns machen könnte.«

»Vielleicht braucht er dazu ja gar keinen Plan«, sagte Marlene. »Er wird uns einfach um die Ecke bringen.«

Für einen Moment machten mich Marlenes Worte total mutlos. Warum waren wir denn schon wieder in so eine bescheuerte Sache geraten? Ich wünschte mir, dass wir einfach fröhlich nach Hause gehen und zu Mittag essen könnten. Meinetwegen auch Kürbissuppe. Mit Nachschlag. Dabei mag ich Kürbissuppe gar nicht so gerne.

Aber diese Gedanken brachten uns jetzt auch nicht weiter. Wir lebten einfach nicht mehr in der Zeit, da das Wünschen noch geholfen hatte. Wir mussten selbst etwas tun. Die Schule nach Dieter Doofmanns Geheimversteck durchsuchen zum Beispiel.

In den oberen beiden Etagen entdeckten wir überhaupt nichts Auffälliges. Doch im ersten Stock sahen wir Herrn Kux durch den Gang schleichen. Da Herr Kux ja immer irgendwie schleichend unterwegs ist, war das erst einmal nichts Besonderes. Aber er trug etwas unterm Arm, etwas Rotes. Unser Buch! Er war also der Dieb, der es irgendwie geschafft hatte, das Buch unbemerkt aus meiner Tasche zu stehlen. Aber wo wollte er damit hin? Steckte er mit Dieter Doofmann unter einer Decke?

Vorsichtig folgten wir ihm. Er lief zum Büro des Schulleiters. Dort klopfte er an die Tür. Das tat er allerdings so leise, dass ich fast den Eindruck hatte, er wolle gar nicht, dass sein Klopfen gehört wurde.

»Herein!«, donnerte die Stimme des Schulleiters dennoch durch die Tür.

Herr Kux zuckte zusammen und trat hindurch.

»Ach, Kux, du bist es«, hörten wir den Schulleiter heiter rufen. »Kommst du für ein kleines Wettspielchen?«

»Nein, ich –« Dann hatte Kux die Tür hinter sich zugezogen.

Marlene zog mich am Arm und deutete auf die Treppe ins Erdgeschoss. Wir rannten sie hinunter.

»Kux hat es also geklaut und dem Schulleiter gebracht«, schnaufte Marlene empört. »Aber warum ihm?«

Ich zuckte mit den Achseln. »Keine Ahnung«, murmelte ich. »Vielleicht ist Kux eine generelle Petze und will sich beim Schulleiter einschleimen.« Da war aber noch etwas anderes gewesen. »Der Schulleiter hat scheinbar irgendein Spiel oder eine Wette mit Herrn Kux zu laufen.«

»Das sieht dem ähnlich«, knurrte Marlene. »Wahrscheinlich ist es ihm noch nicht genug, wenn er andere im echten Leben fertigmachen kann. Er muss sie auch noch im Spiel besiegen.«

Plötzlich fiel mir etwas ins Auge oder besser gesagt jemand, der in dem Moment die Treppe aus dem Keller heraufkam.

»Das gibt es ja gar nicht!«, rief ich überrascht. »Kaspar!«
Aber der schien uns nicht zu hören, denn er lief am Ende der Treppe in die entgegengesetzte Richtung.
»Kaspar, warte!«, rief Marlene.
Wir rannten ihm nach, und ich tippte ihm auf die Schulter.
»Kaspar? Warte doch mal! Was ist denn los?«, schnaufte ich.
Endlich blieb Kaspar stehen und drehte sich um. Sein Anblick verpasste mir einen Schlag in den Magen. Entsetzt starrte ich ihn an. Marlene schien es nicht besser zu gehen. Ich konnte sie keuchen hören.
»Was macht ihr hier?«, drang in dem Moment Herrn Kux' Stimme in mein Ohr.
Ich wandte mich ihm zu. »Herr Kux!«, rief ich. »Schauen Sie doch! Kaspar ist wieder da!«
»Nun, das ist sehr erfreulich, aber sicher kein Grund, hier so herumzuschreien«, zischte Herr Kux mit zitternder Unterlippe.
Ich konnte nicht erkennen, ob die aus Zorn, Überraschung oder Angst zitterte. Es schien allerdings, als ob ihn Kaspars Auftauchen nicht weiter kümmerte.
»Was macht ihr überhaupt noch hier?«, fauchte Herr Kux uns stattdessen an.
Warum interessierte er sich denn nicht dafür, dass hier einer der verschwundenen Schüler vor uns stand und wie … wie … nun ja, wie eine lebende Leiche aussah? Ich bekam eine Gän-

sehaut. Das konnte nur bedeuten, dass er mehr wusste als wir. *Auch wenn er so ein Lauch ist, er könnte uns trotzdem gefährlich werden*, dachte ich.

»Wir haben bei der Theater-AG zugeschaut«, sagte Marlene schnell, der wohl etwas Ähnliches durch den Kopf geschossen sein musste. »Aber nun erwartet uns meine Mutter zum Mittagessen –«

»Das stimmt«, fiel ich ein. »Es gibt Kürbissuppe. Frau Müller, das ist Marlenes Mutter, hat sie gekocht. Nach einem geheimen Familienrezept … und, ähm, sie hat uns gerade angerufen.«

Während ich sprach, holte ich das alte Handy von Paps aus meiner Tasche und zeigte es Herrn Kux. Er sollte wissen, dass wir erwartet wurden und dass ich jederzeit meine Eltern anrufen konnte und würde.

»Dann solltet ihr euch beeilen, sonst wird die Suppe kalt«, zischte Herr Kux.

»Kaspar, vielleicht möchtest du auch mit zum Essen kommen?«, fragte ich und drehte mich nach ihm um.

Aber Kaspar war nicht mehr da. Er musste die Kellertreppe wieder hinuntergegangen sein. Ich nahm Marlene an die Hand und zog sie hinter mir her zum Ausgang. Von dort schaute ich noch mal unauffällig über meine Schulter zurück.

»Kux steht da noch immer und guckt uns nach«, murmelte ich.

»Wir sollten ein paar Meter vom Schulgelände weglaufen.«

»Und dann?«, fragte Marlene.

»Sobald Kux verschwunden ist, schleichen wir zurück und in den Keller«, sagte ich.
»Kaspar hat furchtbar ausgesehen, nicht wahr? Auch wenn er gelächelt hat«, wisperte Marlene. »Fast wie ein lebender Toter.«
Sie hatte recht. Kaspar hatte ausgesehen wie ein Zombie. Seine Haut war bleicher als bleich, fast bläulich, als wäre kein Tropfen Blut darunter geflossen oder eben blaues. Seine Augen sahen aus wie schwarze Löcher in seinem Gesicht, ohne jeden Glanz, ohne jedes Leben. Sein Lächeln hatte das Ganze noch schlimmer gemacht. Ich trug noch immer die Gänsehaut im Nacken, die mir sein Anblick und Kux' Auftreten beschert hatten.
»Warum hat er nichts gesagt?«, wunderte sich Marlene.
»Er war irgendwie gar nicht richtig da«, sagte ich. »Vielleicht haben sie ihm irgendetwas gegeben, damit er nichts sagen, nichts denken und nicht wegrennen kann. Denk mal an Katharina Winter.«
»Das ist so furchtbar«, flüsterte Marlene. »Ob er gerade versucht hat zu fliehen? Und wer sind *sie*?«
Ich zuckte die Schultern. Das *Sie* war mir einfach so herausgerutscht. »Jetzt wissen wir, dass die verschwundenen Kinder irgendwo in der Schule versteckt sind. Und Herr Kux steckt da mit drin.«
»Meinst du, er ist Dieter Doofmann?«, fragte Marlene.
Ich versuchte, mir Herrn Kux mit einer Perücke und einem langen schwarzen Mantel vorzustellen. Es ging nicht.

»Ich weiß es nicht«, sagte ich.
Wir bogen zweimal rechts ab und liefen zur Schule zurück. Durch den Seiteneingang schlichen wir hinein. Von Herrn Kux war nichts zu sehen. Wir stiegen schnell die Treppe in den Keller hinunter, nur um an ihrem Ende festzustellen, dass wir hier nicht weiterkamen. Eine dicke Metalltür versperrte den Weg. Und die war natürlich abgeschlossen.
Plötzlich waren von oben leise murmelnde Stimmen zu hören.
»Da kommt jemand«, wisperte Marlene.
Wir drückten uns unter die Treppe. Die Schritte kamen herunter. Ich schob Marlene noch etwas tiefer in das Dunkel und stellte mich vor sie. Schon waren zwei Männer am Ende der Treppe angelangt. Der eine war Herr Kux, der andere der Schulleiter. Für einen Moment verstand ich gar nichts mehr. Herr Kux schloss die Metalltür auf.
»Die beiden haben den Jungen aus ihrer Klasse gesehen«, raunte er.
Der Schulleiter lacht böse. »Ha! Den Gören werde ich schon die Neugierde austreiben. Dieser Anton Kramer ist mir sowieso von Anfang an ein Dorn im Auge gewesen. Schade, dass seine Eltern so stur sind.«
»Sieh doch ein, dass dein Plan gescheitert ist«, sagte Herr Kux weinerlich.
Der Schulleiter lachte wieder böse auf. »Gescheitert? Hast du eine Ahnung. Meine Pläne scheitern nie! Niemals!«

»Wir müssen die Kinder freilassen«, quengelte Herr Kux. »Das ist doch Wahnsinn. Und alles nur für diesen blöden Wettbewerb.«

»Blöder Wettbewerb?«, zischte der Schulleiter drohend. »Sagtest du eben blöder Wettbewerb? Kux, wenn dir dein Leben lieb ist, dann sagst du besser nie wieder so etwas.«

Ich fand, der Schulleiter klang völlig irre. Marlene stand hinter mir und zitterte.

»Mein Leben?«, rief in dem Moment Herr Kux mit Panik in der Stimme. »Was willst du damit sagen?«

Aber der Schulleiter lachte nur. »Jetzt kontrollieren wir, ob hier unten alles in Ordnung ist. Und dann bleibt uns noch Zeit für eine kleine Wette, was meinst du? Wer wird heute gewinnen?«

Doch die Wette schien Kux nicht zu interessieren. »Was meinst du damit, wenn mir mein Leben lieb ist?«, rief er hinter dem Schulleiter her, der längst durch die Metalltür getreten war. »Was meinst du damit, Dieter?«

18. Der Raum der Unwahrscheinlichkeiten

Bevor die schwere Metalltür hinter Herrn Kux zufallen konnte, schlich ich aus dem schützenden Dunkel und schob das Erste, was mir in die Hände kam, in den Schlitz zwischen Tür und Rahmen. Blöderweise war das das alte Handy von Paps. Es machte ein fieses Geräusch. Schnell stellte ich mich wieder zu Marlene unter die Treppe und brachte erst mal mein galoppierendes Herz wieder zur Ruhe. Zumindest versuchte ich das.

»Der Schulleiter ist Doctor Octopus!«, flüsterte Marlene ungläubig.

»Ja, und der Silikonmann«, raunte ich perplex.

»Und Dieter Doofmann«, wisperte Marlene.

»Und er hat die Kinder entführt«, flüsterte ich. »Außerdem spielt er mit Herrn Kux irgendein Spiel.«

»Anton, wir müssen da rein«, drängte Marlene und deutete auf den schmalen Spalt, den das Handy offen hielt. Doch dann schaute sie mich unsicher an. »Oder sollen wir lieber die Polizei holen, damit die sich drum kümmert?«

Ich schüttelte bestimmt den Kopf. »Das geht nicht. Ich habe so ein Gefühl, dass die das, was sie da drinnen finden werden, nicht verstehen können. Und was Erwachsene nicht verstehen, das gibt es für sie auch nicht.«

Ich öffnete die Tür ganz und hob das Handy auf.

»Mist«, sagte ich. »Damit können wir nicht mehr um Hilfe rufen.«

»Auweia«, wisperte Marlene.

Dann folgten wir den beiden Männern. Wir liefen durch einen schmalen Gang, dessen Wände im fahlen Licht einer einzelnen Neonleuchte silbern glänzten, als wären sie mit Alufolie überzogen.

»Das scheint irgendeine Isolierung zu sein«, flüsterte ich.

Die Luft war stickig und knapp. Es fühlte sich an, als würden wir in eine Höhle kriechen, die weit entfernt von jeder Luftzufuhr tief unter der Erde lag. Ich lauschte angestrengt, doch das einzige Geräusch war das Rauschen meines eigenen Blutes in meinen Ohren. Nicht einmal unsere Schritte konnte man hören.

Am Ende des Ganges war eine Tür. Einen kurzen Moment befürchtete ich, dass die Männer sie hinter sich abgeschlossen haben könnten, doch dem war nicht so. Langsam drückte ich die Klinke nieder. Mit angehaltenem Atem öffnete ich die Tür einen Spaltbreit.

»Das ist ja nicht möglich«, keuchte Marlene neben mir.
Vor uns öffnete sich ein großer Raum, und hier sahen wir sie wieder, die Unwahrscheinlichkeiten, die wir schon aus dem Paralleluniversum kannten.
»Oh, Anton, schau, die Moostierchen!«
Alle Vorsicht vergessend lief Marlene in den Raum. Dort kuschelten sich in einer Ecke die lebendigen Moosbüschel zusammen. Man konnte ihr leises Seufzen hören, und immer mal wieder stand eines auf, rüttelte und schüttelte sich und lief auf seinen vier Beinchen an eine andere Stelle, um sich dort wieder an die anderen zu drängen und mit ihnen zu seufzen. Während sich Marlene fasziniert neben den Teppich aus puscheligen Büscheln hockte, schaute ich mich genauer um. Von den Männern war nichts zu sehen. Die mussten durch die Tür auf der gegenüberliegenden Seite noch weitergegangen sein. Ich behielt diese Tür im Auge, für den Fall, dass die beiden gleich wieder zurückkamen.
Langsam lief ich durch den großen Raum. Ursprünglich war der als Abstellraum genutzt worden. An einer Wand stapelten sich uralte Schulbänke und Holzstühle, an einer anderen eine Menge großer unausgepackter Kartons. In einer Ecke lagen zusammengerollte Karten, in einer stand ein Skelett, und aus verschiedenen Vitrinen blickten zerzauste und von Milben zerfressene Tiere und Vögel aus ihren matten Glasaugen in die sie umgebene andere Welt hinaus.
Diese andere Welt wurde von den Unwahrscheinlichkeiten

des Paralleluniversums bestimmt. Eine Stelle des Bodens war mit einer dicken Eisschicht bedeckt. Darauf stand eine Tonne, ebenfalls von Eis umhüllt. In der Tonne brannte ein Feuer. In einer Nische wehte ein Lüftchen, als sei dort ein Wind gefangen, der nach Bananenmilch roch. Mehrere künstliche Wasserfälle, wie man sie in diesen Läden bekommt, die auch Klangschalen, Kristalle und Duftkerzen verkaufen, plätscherten vor sich hin. Auch wenn man es nicht sofort erkennen konnte, wusste ich, dass ihr Wasser nach oben stieg und nicht nach unten fiel. An einer anderen Stelle lagen Perlen klar wie Wasser auf dem Boden verstreut – die trockenen Regentropfen des Paralleluniversums. Sie verteilten sich um Steine, die langsam, aber tief ein- und ausatmeten. Dazwischen krochen kleine feuchte Erdhäufchen herum.

Aus dem hinteren Bereich hinter der anderen Tür drangen gedämpft äußerst seltsame Laute an mein Ohr. Es hörte sich an wie –

»Ich glaube, der Schulleiter und Herr Kux ringen miteinander«, wisperte Marlene.

»Du meinst, sie kommen hier ab und zu in den Keller und tragen ein kleines Kämpfchen aus?«, fragte ich.

Marlene nickte. Wir mussten trotz allem grinsen. Was für eine komische Vorstellung. Aber solange sie dort hinten beschäftigt waren, konnten sie uns hier vorne nicht erwischen.

»Schau mal Marlene, das schwebende Metall«, sagte ich und zeigte an die Decke, wo metallisch glänzende Brocken hingen.

Erst jetzt bemerkte ich, dass auch kleinere Stücke auf verschiedenen Höhen im Raum schwebten. Daran bediente sich also der Schulleiter, wenn er den geheimnisvollen Doctor Octopus spielte. Erneut ließ mich eine Gänsehaut erzittern. Denn obwohl mich hier lauter völlig unfassbare Dinge umgaben, war die Tatsache, dass der Leiter unserer Schule als Doctor Octopus durch die Stadt schwebte, am unfassbarsten.

»Warum werden die Unwahrscheinlichkeiten hier nicht wahrscheinlich?«, fragte Marlene.

Sie war neben mich getreten, in der rechten Hand eines der Moosbüschel, das sie mit der linken vorsichtig streichelte. Ich konnte sehen, dass ein leichter Schauer durch das Moosbüschel lief, wenn Marlenes Finger es zart berührten.

»Das könnte etwas mit dieser silberfarbenen Isolierschicht an den Wänden zu tun haben«, vermutete ich. »Die hält vielleicht das Wahrscheinliche draußen, so dass es das Unwahrscheinliche nicht vereinnahmen kann.«

In dem Moment drang ein neues Geräusch an mein Ohr. Marlene und ich versteckten uns schnell hinter den alten Stühlen. Keine Sekunde zu früh, denn Herr Kux und der Schulleiter kamen durch die hintere Tür zurück und blieben streitend im großen Raum stehen.

»Dieter, ich bitte dich! Das ist doch … ich meine, das muss doch nun wirklich nicht sein«, jammerte unser Physiklehrer.

»Was soll das heißen, mein lieber Kux?«, fragte der Schulleiter mit einem drohenden Unterton.

»Ich meine ja nur«, stammelte Herr Kux. »Lass doch die Kinder gehen.«
»Du bist ein Feigling, wie er im Buche steht, Kux«, dröhnte der Schulleiter verächtlich. »Und Feiglinge kommen nicht weit, auch nicht, wenn sie sich sabbernd und hechelnd an die Pläne anderer hängen, weil sie es selbst zu nichts bringen.«
»Also, ich bitte dich –«, schnappte Herr Kux hörbar beleidigt.
»Ach, tu doch nicht so. Ein Feigling wie du hat keine eigenen Pläne, keine Ideale, keine Träume, die er umsetzen möchte«, knurrte der Schulleiter. »Ihr seid nichts als Handlanger.«
»Dieter, das ist sehr verletzend!«, schrie Kux. »Wenn du wüsstest –«
»Was sollte ich denn wissen?«, fragte der Schulleiter drohend.
»Nichts«, seufzte Kux. »Es gibt nichts zu wissen.«
Dieter Doofmann lachte schallend. »Na also. Wir machen es wie besprochen. In zwei Tagen kommt die Kommission. Bis dahin werden die Klone perfekt sein und mir diesen Preis einbringen. Danach kannst du mit den Gören machen, was du willst.«
»All das nur für so einen unwichtigen Preis? Das ist total wahnsinnig«, jammerte Herr Kux.
»Unwichtiger Preis? Ach, Küxchen, ach Küxchen, du hast wahrlich von Tuten und Blasen keine Ahnung. Überhaupt gar keine Ahnung! Was meinst du denn, was es bedeutet, wenn das klappt mit diesem *unwichtigen* Preis? Na, Küxchen? Was glaubst du, was es bedeutet, wenn es mir gelingt, die Kom-

mission aus lauter Fachleuten für Kindererziehung, Bildung und Pädagogik zu täuschen? Mit Kindern, die gar keine sind. Denk doch mal nach, Küxchen! Es ist eine Generalprobe.«

»Nenn mich nicht Küxchen«, nölte unser Physiklehrer. »Das ist respektlos.«

Da lachte der Schulleiter ein Lachen, das so ganz und gar verrückt klang, dass mich eine weitere fette Gänsehaut überzog. Dann wurde das Licht gelöscht, die schwere Metalltür schlug zu, und wir hörten, wie sie von außen abgeschlossen wurde.

»Jetzt sind wir hier eingeschlossen«, wisperte Marlene.

»Dafür können wir uns aber auch ganz in Ruhe umsehen«, erwiderte ich und machte das Licht wieder an.

»Das stimmt«, sagte Marlene ein wenig stockend.

Ganz wohl war mir allerdings auch nicht.

Wir liefen zur Tür auf der anderen Seite des Raumes. Der Gang, in den sie führte, war kürzer als der erste. Fünf Türen gingen von ihm ab. Außerdem brannte hier eine Neonlampe. Hinter der ersten Tür befand sich so etwas wie ein kleines Büro. Ich trat an den Schreibtisch und tippte auf die Tastatur des Rechners. Sofort erschien auf dem Bildschirm eine Browserstartseite.

»Online. Dann können wir eine Mail schreiben, wenn wir Hilfe brauchen«, sagte ich.

»Gott sei Dank«, flüsterte Marlene. »Das ist alles so gruselig.«

Das fand ich auch, und das hatte nichts mit den Unwahrscheinlichkeiten im vorderen großen Raum zu tun, sondern

mit etwas, das der Schulleiter eben gesagt hatte. Ich konnte spüren, dass hinter den anderen Türen irgendetwas passierte, das wir uns jetzt noch nicht vorstellen konnten. Vielleicht zögerten wir deshalb den Moment, da wir die nächste Tür öffnen würden, noch etwas hinaus.
Doch hinter der zweiten Tür war gar nichts Ungewöhnliches.
»Ein Waschraum und Toiletten«, sagte Marlene.
Hinter der dritten Tür fanden wir eine Küche. Hier standen auch einige Kartons wie im vorderen Raum. Sie waren aufgerissen, und Marlene schaute hinein.
»Igitt! Lauter eklige Fertiggerichte. Hauptsächlich Erbsensuppendosen und Würstchen in Aspik.«
»Das ist also auch Doctor Octopus' Lieblingsessen«, murmelte ich.
»Und das will er wohl für die nächsten hundert Jahre essen, wenn ich an die vielen Kartons da vorne denke«, sagte Marlene.
»Die sind für die verschwundenen Kinder«, murmelte ich.
Marlene schaute mich mit großen Augen an. »Sie müssen hier sein, hinter einer der beiden letzten Türen«, flüsterte sie.
Ich nickte beklommen. »Darum ist es seltsam, dass es hier so still ist.«
In dem Moment drangen allerdings doch Geräusche zu uns. Jemand schloss die schwere Metalltür wieder auf, räusperte sich, durchquerte den großen Raum und kam in den hinteren Gang gelaufen. Wir versteckten uns unter dem Schreibtisch.

19. Die verschwundenen Kinder

Es war Herr Kux, der durch den Flur kam. Er ging in die Küche und machte sich dort zu schaffen. Das *Pling!* einer Mikrowelle erklang einige Male, und der Geruch nach Erbsensuppe verbreitete sich. Kurz darauf lief Herr Kux mit einem rumpelnden Wagen am Büro vorbei. Zum Glück fiel ihm nicht auf, dass die Bürotür offen stand. Wir hörten ihn eine der beiden letzten Türen öffnen.

»Hinterher«, flüsterte ich.

Wir krochen aus unserem Versteck und schlichen ihm nach. Herr Kux war so beschäftigt, dass er nicht mitbekam, dass wir ihm folgten und uns in einer dunklen Ecke des Raumes verbargen. Was wir von dort aus sahen, ließ uns wieder den Atem stocken.

Der Raum war ziemlich groß und angenehm warm. Ein dumpfes Brummen erfüllte ihn, das wahrscheinlich von einer Heiz- oder Frischluftanlage verursacht wurde. Darauf kam ich, weil zehn Betten, ähnlich denen, die wir im Krankenhaus gesehen hatten, nebeneinander an einer Wand standen. In vieren davon schlief jemand. Vor den Betten war ein Freiraum, und an der gegenüberliegenden Wand stand ein langer Tisch mit zehn Stühlen. Diesen Tisch deckte Herr Kux gerade mit der Erbsensuppe.

Dann trat er an einen chinesischen Gong, der an einem Haken hing, nahm den Klöppel auf und schlug gegen die Klangscheibe. Der mächtige Ton ergoss sich wie eine Welle durch den Raum. In den Betten wurden mit einem Mal die Decken weggestoßen, und vier Kinder kletterten heraus. Da waren sie alle: Kaspar, Uwe Bommel und der Junge und das Mädchen aus der Sechsten. Sie trugen Pyjamas und sahen aus, als würden sie noch immer schlafen. Mit geschlossenen Augen schlurften sie zum Tisch und ließen sich schwer auf die Stühle fallen. Dann begannen sie mechanisch, die Suppe zu löffeln.

Unser Physiklehrer stand daneben und beobachtete, ob alles glattging. Er blieb genauso stumm wie die Kinder. Nur das gespenstische Geräusch der auf dem Teller schabenden Löffel und ein Schlürfen waren zu hören. Hin und wieder sprang Herr Kux zu einem von den vieren hin und wischte ihm mit einem Tuch über Mund und Kinn.

Als die Teller geleert waren, nahm Herr Kux den chinesischen Gong vom Haken. Er schlug den Klöppel zweimal gegen die Scheibe, allerdings leiser als beim ersten Mal. Bei dem Geräusch standen die Kinder wie an Seilen hochgezogen auf und stellten sich in eine Reihe. Herr Kux drückte jedem eine Zahnbürste in die Hand, auf die er zuvor etwas Zahnpasta gegeben hatte. Dann lief er voran, und die Kinderreihe folgte ihm nach draußen und von dort in den Waschraum.

»Das ist ja furchtbar«, flüsterte Marlene neben mir. »Die sind wie Marionetten oder Maschinen.«

»Sie wurden auf den Gong konditioniert«, sagte ich.

»Ich weiß zwar nicht, was das heißt«, sagte Marlene, »aber ich habe es ja gerade gesehen. Was machen wir nun?«

»Ehrlich gesagt, habe ich keine Ahnung«, sagte ich. »Die Kinder sind irgendwie hypnotisiert, und ich weiß nicht, wie man sie aufwecken kann, ohne dass es gefährlich für sie wird.«

»Na ja, mit dem Gong, denke ich«, sagte Marlene.

»Hattest du den Eindruck, dass sie eben richtig wach waren?«, fragte ich.

Marlene schüttelte den Kopf und zwirbelte ihren Zopf. »Nein, eigentlich nicht. Sie hatten die Augen geschlossen.«

»Mit Hypnose darf man nicht spaßen. Wahrscheinlich bekommen sie außerdem irgendwelche Schlafmittel«, überlegte ich.

»Wenigstens achten die Entführer darauf, dass sie sich die Zähne putzen«, sagte Marlene.

»Wenn das alles nicht so traurig wäre, dann wäre es fast zum Lachen«, murmelte ich.

Ich war mir allerdings ziemlich sicher, dass das mit dem Zähneputzen allein Herrn Kux' Idee gewesen war. Der Schulleiter

wirkte auf mich nicht so, als würde es ihn interessieren, ob seine Entführungsopfer Karies bekamen.
Die stumme Kinderreihe kam im Gleichschritt wieder zurückgelaufen, und jeder stellte sich vor sein Bett. Herr Kux knöpfte sein Hemd auf und warf es mit Schwung von sich. Dann ließ er auch noch seine Hose herunter. Darunter trug er einen ziemlich albernen Gymnastikanzug in glänzendem Türkis. Er drückte auf den Knopf einer kleinen Musikanlage, und ein schrecklicher Discosong erklang. Im selben Moment ließen die Kinder ihre Hüften kreisen. Herr Kux stellte sich vor sie und machte mit oder vielleicht auch vor.
»Eins, zwei, drei, vier«, zählte er. »Und nun links herum. Eins, zwei drei, vier. Und rechts herum.«
Ich starrte ungläubig auf unseren turnenden Physiklehrer in dem albernen Anzug. Gerade streckte er seine dünnen Ärmchen hoch in die Luft, um sie dann wie Windmühlenblätter kreisen zu lassen.
»Immer schneller und schneller und schneller«, juchzte Herr Kux und wirbelte mit den Armen.
Danach machten er und die Kinder mit den geschlossenen Augen Kniebeugen, Hampelmänner und Liegestütze. Das war absurd, komisch und furchtbar gruselig.
»– fünf, sechs, sieben, acht. Und Wechsel«, zählte Herr Kux.
Er schien eine Menge Spaß zu haben, obwohl die Kinder ihn gar nicht beachteten, sondern ihre Bewegungen völlig mechanisch ausführten. Vielleicht wäre Herr Kux lieber Fitness-

trainer als Physiklehrer geworden. Vielleicht sogar Aerobicstar? Er schien sich hier der Illusion hinzugeben, begeisterte Anhänger zu haben. Zum Schluss liefen alle noch mit schlackernden Armen einige Runden im Kreis.

Dann klatschte Herr Kux in die Hände. »Wunderbar, Kinder, das habt ihr ganz wunderbar gemacht.«

Schließlich verbeugte er sich sogar, als würden ihm die Kinder tatsächlich applaudieren, was sie aber natürlich nicht taten. Herr Kux strahlte über das ganze Gesicht und schien völlig vergessen zu haben, dass diese Kinder von ihm gefangen gehalten und wahrscheinlich unter Drogen gesetzt wurden.

Er ließ wieder den Gong ertönen, und die Kinder stellten sich in eine Reihe. Herr Kux holte ein Tablett aus einem Schrank. Darauf stand eine Plastikflasche mit einem Glasröhrchen, das wie ein Schnabel gebogen war. So eine Flasche kannte ich aus dem Chemielabor. Außerdem stand noch eine Schale darauf. Der Physiklehrer füllte die Flasche mit Wasser und zählte aus einer großen Packung vier Tabletten in die Schale. Dann trat er vor Uwe Bommel. Der öffnete den Mund, Herr Kux ließ erst eine der Tabletten hineinfallen und spritze dann noch etwas Wasser aus der Flasche hinterher. Uwe Bommel schluckte. Herr Kux schaute in seinen Mund, wohl um zu überprüfen, ob die Tablette verschwunden war. Dann trat er vor Kaspar, und Uwe Bommel machte seinen Mund wieder zu. Dafür machte Kaspar seinen auf.

Als alle Kinder ihre Tabletten geschluckt hatten, ließ Herr Kux den Gong ertönen, und die vier gingen wieder ins Bett. Sie deckten sich zu, und Herr Kux löschte die Neonlampe an der Decke. Doch es wurde nicht komplett dunkel. Kleine glimmende Kugeln schwebten durch den Raum und verbreiteten ein heimeliges Licht. Herr Kux setzte sich auf einen Stuhl. Er nahm ein Buch, schlug es auf und begann vorzulesen.

»Selbst aus den entferntesten Winkeln des Weltalls gelangt Licht zu uns. Große Fernrohre sammeln es zu phantastischen Bildern ferner Sterne, leuchtender Staubwolken oder schillernder Galaxien.«

Ich konnte es kaum glauben: Herr Kux las das Kapitel Optik aus dem Physikbuch vor! Nachdem er das Thema Spiegelbilder beendet hatte, stand er auf und verließ den Raum. An der Tür drehte er sich noch einmal um.

»Gute Nacht, meine Lieben«, raunte Herr Kux.

Während der ganzen Aktion hatten die Kinder nicht ein einziges Mal die Augen geöffnet.

»Zum Glück ist er endlich gegangen«, flüsterte Marlene. »Ich wäre beinahe eingeschlafen.«

Das waren meine Beine auch, allerdings nicht nur beinahe. Ich schüttelte sie vorsichtig, bis ein Kribbeln anzeigte, dass sie gleich wieder funktionieren würden, und dann liefen wir leise an die Betten der Kinder.

»Sie schlafen fest wie Steine«, sagte Marlene und zwirbelte.

Erschrocken schaute sie mich an. Ich konnte sie zwar in dem glimmenden Licht nicht deutlich sehen, doch ich wusste, was sie gerade dachte. Denn genauso wie für mich hatte auch für sie dieser Satz eine ganz neue Bedeutung angenommen. Schlafenden Steinen waren wir ja tatsächlich schon begegnet. Erst vorhin wieder im vorderen großen Raum.

Wir liefen von Bett zu Bett und lauschten den regelmäßigen Atemzügen.

»Sollen wir sie wecken?«, fragte Marlene.

»Noch nicht«, antwortete ich.

Das sagte ich nicht nur deshalb, weil ich nicht wusste, wie wir das anstellen sollten, ohne die hypnotisierten oder sonst wie beeinflussten Kinder zu gefährden, sondern auch weil wir vorher noch etwas tun mussten. Etwas, das mir wirklich Angst machte.

»Marlene, wir müssen erst nachgucken, was hinter der letzten Tür ist. Wir müssen genau wissen, womit wir es hier unten zu tun haben«, sagte ich.

Dabei hallte ein Wort durch meinen Kopf. Ein Wort, das der Schulleiter aka Dieter Doofmann aka der Silikonmann aka Doctor Octopus vorhin gesagt und das ich beinahe überhört hätte.

Klone.

20. Die Spiegelbilder

Wir warfen einen letzten Blick auf die schlafenden Kinder, liefen in den Gang hinaus und näherten uns vorsichtig der fünften Tür. Davor blieben wir stehen. Ich atmete tief ein und aus. Marlene zwirbelte. Dann beugte sie sich vor und lehnte ihr Ohr gegen die Tür.

»Nichts zu hören«, wisperte sie. »Was meinst du, was wir da drin finden werden?«

Sie blinzelte mich durch ihre großen Brillengläser an.

»Wir schauen jetzt einfach nach«, sagte ich und richtete mich ganz gerade auf. Ganz nach Opos Motto *Brust raus – Bauch rein*. Meine Stimme klang allerdings nicht ganz so fest, wie ich gewollt hatte.

»Genau«, sagte Marlene. »Dann wissen wir es nämlich.«

Ich schloss vorsichtshalber meine Augen, drückte die Klinke nieder und schob die Tür ein Stück weit auf. Als ich meine Augen langsam wieder öffnete, war ich auf das Schlimmste

gefasst. Doch der Anblick, der sich mir hinter der Tür bot, war nicht so gruselig, wie ich befürchtet hatte.
Vielleicht, weil wir sie ja schon kannten.
»Das sind keine Klone, sondern Spiegelbilder wie in der Parallelwelt«, raunte ich.
»Zum Glück«, hauchte Marlene. »Echte Klone wären unsagbar schlimm gewesen.«
Sie saßen an einem Tisch. Zwei von ihnen hatten irgendein Schulbuch vor sich liegen. Lernten die etwa? Zwei spielten Schach, und eines baute das Experiment eines Chemiebaukastens auf. Sie sahen ein bisschen anders aus als die im See des Paralleluniversums, schienen irgendwie fester und echter zu sein, nicht so durchscheinend und wabernd. Außerdem hatten sie Haare und trugen Kleidung. Eines von ihnen war der Kaspar, den wir vorhin getroffen hatten.
Die fünf am Tisch beachteten uns nicht. Es waren fünf, weil das Spiegelbild von Katharina Winter natürlich auch dabei war. Und plötzlich verstand ich, warum Katharina im Krankenhaus auf Marlene gedeutet und immer wieder *Du bist nicht ich!* gerufen hatte.
Wir liefen auf sie zu. Erst als wir ganz nahe bei ihnen standen, hoben sie uns ihre bleichen, starr lächelnden Gesichter entgegen. Uwe Bommel deutete auf zwei freie Stühle am Tisch. Oder besser gesagt, Uwe Bommels Spiegelbild tat das. Der Echte lag im Nebenraum und schlief, so wie auch Kaspar und der Junge und das andere Mädchen aus der Sechsten.

»Sollen wir uns zu euch setzen?«, fragte Marlene in ihrer Verwirrung.

Ich überlegte gerade, warum sie mit den Spiegelbildern sprach, als etwas Supergruseliges passierte.

»Das würde uns freuen«, sagte der gespiegelte Kaspar.

Ich fuhr dermaßen zusammen, dass ich mir auf die Zunge biss. *Die konnten sprechen!* Auch Marlene machte ein würgendes Geräusch. Dann schlug sie sich schnell die Hand vor den Mund, als wäre ihr das Ganze sehr peinlich.

»Geht es dir nicht gut?«, fragte das bleiche Bild des Mädchens aus der Sechsten.

Marlene wurde genauso blass wie die Spiegelbilder. Sie schwankte etwas und hielt sich an ihrem Zopf fest. Ich sah definitiv auch nicht besser aus. Leider habe ich kurze Haare, denn bei der Frage des gespiegelten Mädchens war mir dermaßen übel geworden, dass ich mich auch gerne irgendwo festgehalten hätte.

»Doch, entschuldigt bitte«, sagte Marlene heiser und propellerte ihren Zopf.

Wieso hatte das Spiegelbild gerade so etwas gefragt? Wusste es etwa, was Gefühle und Empfindungen sind? Hatte es gar selbst welche? Vor lauter Panik wurde mir noch schwindeliger. Wir mussten herausfinden, ob die Abbilder eine Ahnung davon hatten, was sie waren, oder ob sie es sogar wussten. *Himmel! Was ist, wenn sie ein Bewusstsein haben?*, dachte ich erschüttert. *Dann gäbe es quasi keinen Unterschied zu einem rich-*

tigen Menschen. Dann wären sie doch Klone. Und was sollten wir dann mit ihnen machen?

»Wer seid ihr?«, fragte ich rau.

Das bleiche Bild des Jungen aus der Sechsten stand auf, kam auf mich zu und gab mir die Hand. »Mein Name ist Rüdiger. Und wie heißt du?«, fragte es.

»Anton«, sagte ich.

Rüdigers Abbild schüttelte meine Hand exakt dreimal auf und ab und trat dann vor Marlene.

»Mein Name ist Rüdiger. Und wie heißt du?«, wiederholte es im selben Tonfall.

»Marlene«, sagte Marlene und Rüdigers Abbild schüttelte dreimal ihre Hand auf und ab.

Dann ging es zu seinem Stuhl zurück, und Kaspars Spiegelbild stand auf. Es kam auf uns zu und blieb vor mir stehen.

»Mein Name ist Kaspar. Und wie heißt du?«, fragte es. Dabei ergriff es meine Hand und schüttelte sie dreimal auf und ab.

Vor Erleichterung hätte ich beinahe laut losgelacht. Als sich schließlich alle fünf bleichen Wesen auf genau die gleiche Weise vorgestellt hatten, war ich mir ganz sicher: Das waren keine Menschen oder Menschenähnliche. Sie bewegten sich hölzern und sprachen abgehackt mit sich gleichenden Stimmen. Sie wirkten wie programmierte Roboter, an denen noch ein wenig gefeilt werden musste. Ich konnte an Marlenes Gesichtsausdruck sehen, dass sie das ebenfalls kapiert hatte. Ihr Lächeln wirkte so erleichtert, wie ich mich fühlte. Außerdem hatte sie wieder eine normale Gesichtsfarbe.

Wir setzten uns mit an den Tisch. Die fünf saßen kerzengerade auf ihren Stühlen, schauten uns an und lächelten. Ich wusste nicht so recht, was ich tun oder sagen sollte. Marlene wohl auch nicht, denn sie zwirbelte stumm ihren Zopf und starrte die Spiegelbilder an. Auch ich musste mich erst einmal an deren gruseligen Anblick gewöhnen, bevor ich einen Plan machen konnte.

Gerade als mir das stumme Grinsen der Abbilder auf die Nerven gehen wollte, hörte ich ein lautes Poltern. Es kam aus einer großen Schrankwand, die hinter uns stand.

»Was war das?«, fragte Marlene erschrocken.

»Das ist der andere«, sagte der bleiche Kaspar.

»Welcher andere?«, fragte ich.

»Der, der nicht richtig ist«, sagte das geisterhafte Mädchen aus der Sechsten.

Ich blickte zu Marlene. Sie hob fragend ihre Augenbrauen. Ich nickte. Wir standen auf und liefen zum Schrank. Hinter uns wandten sich die fünf bleichen Gesellen wieder ihren Beschäftigungen zu: Schach spielen, ins Schulbuch gucken und mit der Chemie herumexperimentieren. Vor uns aus dem Schrank erscholl das laute Poltern.

»Auweia«, sagte Marlene leise.

Ich wollte gar nicht darüber nachdenken, wer da drin war und wie der aussehen würde. *Der, der nicht richtig ist,* hatte das

Spiegelbild des Mädchens gesagt. Ein Schauer packte mich. Trotzdem drehte ich den Schlüssel einer der Schranktüren um. Sofort kam mir die Tür entgegengeknallt.

»Aua!«, rief ich und fasste an meine Nase.

Sie blutete. Doch das war nicht so schlimm. Meine Nase blutet öfter mal. Schlimm waren allerdings die weißen, durchscheinenden Hände, die sich aus dem Spalt drängten und versuchten, die Tür ganz aufzustoßen.

»Marlene, schnell!«, rief ich.

Gemeinsam warfen wir uns gegen die Tür und drückten sie wieder zu. Wie Nebelschwaden verschwanden die bleichen Hände im Schlitz zwischen den Schranktüren.

»Den lassen wir lieber erst mal da drinnen«, sagte ich und drehte den Schlüssel wieder um.

Wahrscheinlich hatten Dieter Doofmann und Herr Kux die Kinder vor eine spiegelnde Wasserfläche aus dem Paralleluniversum gestellt und so ihre Spiegelbilder entstehen lassen, die sie für ihre Zwecke gebrauchen konnten: nette, lächelnde, wohlerzogene Abbilder der echten Kinder. Und eines hatte eben nicht funktioniert. Das steckte nun in diesem Schrank.

»Die wollen wohl am Tag, wenn die Kommission kommt, alle Störenfriede mit ihren Spiegelbildern austauschen«, murmelte ich fassungslos. »Wenn das tatsächlich funktioniert, dann könnte Dieter Doofmann jeden, der ihm irgendwie im Weg ist, ersetzen. Und wer weiß, wohin ihn dieser Weg führen soll.«

Hinter uns beruhigte sich langsam der Tumult im Schrank.
»Der Schulleiter und Herr Kux sind nicht nur total durchgeknallt, sondern auch total verrückt«, flüsterte Marlene.
»Ist das nicht dasselbe?«, fragte ich.
»Die gehören in den Knast«, sagte Marlene.
»Na, das sowieso«, sagte ich.
»Oder in die Klapse«, sagte Marlene.
In dem Moment lenkte mich ein sehr lautes Klopfen ab.
»Da hinten in dem großen Schrank scheint noch einer zu sein«, sagte Marlene und zeigte auf die andere Seite des Raumes.
»Um Gottes willen«, sagte ich, wie Opo es getan hätte.
Ich schaute mich etwas genauer um. Die fünf bleichen Wesen saßen an ihrem Tisch und schienen tief versunken in ihre Beschäftigungen.
»Wahrscheinlich machen die überhaupt nichts anderes«, murmelte ich.
»So richtig fertig sind die noch nicht«, sagte Marlene.
»Das stimmt. Es gehört schon ein bisschen mehr dazu, einen echten Menschen zu ersetzen.«
Außer dem Tisch mit den Stühlen und den Wandschränken gab es keine weiteren Möbel in diesem Raum. Das war logisch, denn schlafen, essen, aufs Klo gehen oder irgendetwas anderes Menschliches brauchten die Spiegelbilder nicht zu tun. Allerdings schienen sich diejenigen, die in die Schränke gesperrt waren, da drinnen nicht besonders wohl zu fühlen. Das war jedenfalls ein sehr menschliches Verhalten. Es be-

gann wieder zu klopfen und zu poltern. Die wollten aus den Schränken raus.

»Wir müssen sie alle aus diesen isolierten Räumen rausbringen«, sagte ich. »Raus aus diesem Keller, irgendwohin, wo sie wahrscheinlich werden können.«

»Was sind die Spiegelbilder, wenn sie wahrscheinlich sind?«, fragte Marlene leise.

»Na, Wasser«, sagte ich aufgebracht. Was dachte Marlene denn?

»Keine Kinder?«, fragte Marlene.

Wir starrten uns erschrocken an.

»Bestimmt nicht«, versuchte ich uns zu beruhigen.

»Wir könnten sie zum Ententeich im Park bringen«, schlug Marlene vor.

»Das ist eine Superidee«, sagte ich.

Dann blickten wir wieder auf die polternden Schränke.

»Wir müssten natürlich alle mitnehmen«, flüsterte Marlene, und ich nickte beklommen.

21. Zeit zu erwachen

Plötzlich legte sich über das Poltern im Schrank noch ein anderes Geräusch. Ein fieses Lachen prasselte aus allen Ecken auf uns nieder.

»Ich wusste, dass ich nur abwarten musste. Küxchen, siehst du das? Der Kramer und die Müller sind da. Eingefangen wie zwei Mäuse in der Falle«, knarzte die Stimme des Schulleiters durch ein ziemlich veraltetes Lautsprechersystem.

Verdammt! Veraltetes System oder nicht. Vor lauter Verblüffung über unsere Entdeckungen hier unten, hatte ich gar nicht daran gedacht, dass Dieter Doofmann die Räume sicher nicht unbeobachtet lassen würde. Dieter war mit absoluter Gewissheit ein Doofmann, aber er war nicht dumm. In einer schwer erreichbaren Ecke sah ich eine nigelnagelneue Kamera hängen.

Marlene schluchzte auf.

»Weine nicht, Marlene«, sagte ich leise.

»Nein, Marlene, weine nicht. Dazu gibt es doch gaaaar keinen Grund«, ätzte der Schulleiter. »Außer vielleicht, dass ihr versucht habt, meine Pläne zu durchkreuzen und dass das sehr, sehr doof von euch war.«

»Doof!?«, schrie Marlene da. »Ausgerechnet Sie reden von Doofheit?«

»Marlene, lass. Das ist der nicht wert«, raunte ich.

Dieter Doofmann lachte fies. Er schien kein bisschen besorgt darüber zu sein, dass wir sein Geheimnis entdeckt hatten. War er sich so sicher, dass wir keine Chance hatten, es jemandem zu erzählen? Das würde bedeuten …

»Komm, Marlene, wir gucken den anderen beim Schachspielen zu«, sagte ich.

Marlene drehte sich zu mir und schaute mich aufmerksam an. Wie gerne hätte ich ihr jetzt verschwörerisch zugezwinkert. Ich sollte das echt mal lernen. Zum Glück verstand mich Marlene auch so. Sie nickte, und wir setzten uns an den Tisch zu den anderen. Ich ließ mich mit dem Rücken zur Kamera auf dem Stuhl nieder. Ich musste ganz dringend in Ruhe nachdenken.

»Küxchen, übernimm die Überwachung, ich muss mal wohin«, hörte ich Dieter Doofmann sagen.

Irgendwie hatte das etwas total Herablassendes. Er ließ uns sogar wissen, dass er mal zum Klo musste, weil er sich unserer so sicher war. Verdammt!

Ich schaute mich aus den Augenwinkeln noch einmal ganz

genau um. Den Generationen von Schulhausmeistern sei Dank entdeckte ich ein Bündel uralter Zeigestöcke in einer Ecke. Zumindest hoffte ich, dass es nur Zeigestöcke waren. Opo hatte mir mal erzählt, dass den Kindern früher in der Schule mit dem Rohrstock auf die Finger geschlagen wurde. Oder noch schlimmer: Ihnen wurde der Po versohlt.

Ich stand auf und lief ein wenig herum. Dabei stellte ich fest, dass die Kamera meinem Weg nicht folgte. Sie war also nicht beweglich, sondern starr. Die Ecke mit den Zeigestöcken dürfte sie so nicht filmen können.

»Kinder!«, klang in dem Moment die piepsige Stimme von Herrn Kux durch den Lautsprecher. »Kinder verschwindet! Schnell!«

Ich sprang mit einem Satz vor die Kamera.

»Wie, Herr Kux?«, fragte ich. »Die Tür ist abgeschlossen.«

Dass Herr Kux an der bescheuerten Entführungsaktion zweifelte, war offensichtlich. Aber würde er seine Angst vor Dieter Doofmann überwinden und uns tatsächlich helfen?

»Kinder, ihr müsst die anderen –«

»Na, Küxchen, was gibt es denn zu flüstern?«, übertönte da jedoch die Stimme des Schulleiters das Flüstern von Herrn Kux. Er hatte sein Geschäft erledigt und war zurück.

»Nichts, Dieter, gar nichts«, stammelte Kux, und Dieter Doofmann lachte.

»Das weiß ich doch, mein kleines Küxchen, das weiß ich doch«, sagte er höhnisch.

»Nenn mich nicht Küxchen«, jammerte Herr Kux nun wieder im Hintergrund.

Nein, von ihm konnten wir nichts erwarten. Ich handelte ganz schnell, griff einen der Zeigestöcke und duckte mich unter die Kamera. Dann zerschlug ich sie ohne Zögern mit zwei, drei Hieben. Einen Moment lang blieb es still.

In dem Moment sagte Uwe Bommels Abbild: »Schachmatt.«

Aus dem Lautsprecher kam wieder das böse Lachen des Schulleiters. »Wie niedlich«, dröhnte er. »Wenn ihr glaubt, ihr wärt in Sicherheit, weil ich euch jetzt nicht mehr sehen kann, dann habt ihr euch getäuscht. Wartet, bis es dunkel wird!«

Ich schlug den Lautsprecher von der Wand, und das schreckliche Lachen des Schulleiters verstummte endlich.

Marlene schaute mich mit großen Augen an. »Und was jetzt?«, fragte sie.

»Wie spät ist es?«

Marlene blickte auf ihr Handgelenk, um das sie eine kleine bunte Uhr trug. »Kurz nach vier«, sagte sie.

»Okay, Dieter Doofmann hat uns aus lauter Hohn direkt verraten, wann Kux und er hier wieder aufkreuzen«, sagte ich. »Nämlich wenn es dunkel wird. Das ist so gegen acht Uhr.«

»Der hat seinen Namen echt verdient«, murmelte Marlene.

Weil ich sah, dass ihre Lippen zitterten und ihre Augen hinter den Gläsern flackerten, ging ich zu ihr und nahm ihre Hand. Die andere, nicht die, mit der sie den Zopf propellerte.

»Du bist das mutigste Mädchen, das ich kenne«, sagte ich.

Ich spürte meine Wangen heiß werden, und Marlene wurde genauso rot, wie ich mich fühlte.
»Uns bleiben knapp vier Stunden, um einen Plan zu erarbeiten, bis die beiden hier wieder aufkreuzen«, sagte ich.
»Besser wäre natürlich schon die Umsetzung, nicht nur der Plan«, sagte Marlene.
Ich nickte. »Du hast recht. Im Prinzip sollten wir hier bis acht Uhr verschwunden sein. Und zwar alle.«
Marlene schaute zu den Schränken hinüber, hinter deren Türen es wieder angefangen hatte, zu poltern. »Das wird nicht so einfach«, wisperte sie. »Und das liegt nicht nur daran, dass wir hier unten eingeschlossen sind, sondern vor allem, mit wem.«

Etwas später hatten wir jeder ein großes Glas Wasser getrunken, waren auf dem Klo gewesen und hatten einen Plan gemacht. Es blieben dreieinhalb Stunden, den umzusetzen. Wir lagen gut in der Zeit, und der erste Schritt war wegen Dieter Doofmanns Dummheit einfach. Wir mussten dafür sorgen, dass wir bei Dunkelheit Hilfe bekamen. Jedoch auf keinen Fall früher, denn bis dahin mussten wir etwas erledigen, was nur wir erledigen konnten. Wir mussten alle Unwahrscheinlichkeiten wahrscheinlich werden lassen, bevor diese doch noch das Gleichgewicht unserer Welt stören würden.
Im Büro schrieb ich Opo eine Mail, die er definitiv nicht vor acht lesen würde. Opo checkt nämlich jeden Abend um Punkt

zwanzig Uhr seine Mails, nicht vorher, aber auch nicht später. Manchmal ist das nervig. Wenn wir zum Beispiel mitten in einem Spiel sind. Ich hatte auch schon einen bedauernden Kommentar von Tante Uli belauscht, weil sie mit Opo nicht die Tagesschau gucken konnte. Aber er hatte eben seinen eigenen Newskanal.

Lieber Opo,
wahrscheinlich bin ich noch nicht zu Hause, und ihr macht euch langsam Sorgen. Marlene und ich haben die verschwundenen Kinder gefunden. Bevor die Polizei eingeschaltet wird, müssen wir aber noch etwas erledigen.
Die Entführer werden um kurz nach 20 Uhr in den Keller der Schule kommen.
Anton

Ich schaltete den Rechner wieder aus.
»Ich sage doch, der hat seinen Namen echt verdient. Sagt uns, wann er wiederkommt, und lässt seinen Rechner angemeldet. So was Bescheuertes«, sagte Marlene, die mir über die Schulter geschaut hatte.
»Wie heißt der Schulleiter eigentlich in echt?«, fragte ich.
Marlene zuckte mit den Schultern. »Ist doch egal.«
»Stimmt, Dieter Doofmann passt perfekt.«

Der nächste Schritt war natürlich das Aufwecken der Kinder. Wir liefen in den Raum, in dem sie schliefen. Beinahe sofort entdeckte ich dort die Kamera und den Lautsprecher und schlug beides kurzerhand von der Decke. Dann durchsuchten wir zielstrebig den Schrank, aus dem Herr Kux die Tabletten genommen hatte. Es musste etwas geben, mit dem sie die Kinder irgendwann wieder aufwecken wollten. Ich war mir sicher, dass das nicht der chinesische Gong sein konnte. Aber leider war in dem Schrank außer einer Menge unnützen Krams und den Schlaftabletten nichts zu finden.
»Vielleicht ist es doch der Gong«, sagte Marlene. »Wenn man da wie verrückt draufhaut, dann weckt man bestimmt auch Tote auf.«
»Marlene!«, rief ich.
»Entschuldige, Anton. Ist mir nur so rausgerutscht.«
Wir blickten auf die schlafenden Kinder, die so still dalagen, dass sie irgendwie auch hätten tot sein können.
»Der Gong hat sie nicht wirklich geweckt«, überlegte ich. »Sie haben zwar gegessen und geturnt, aber eigentlich weitergeschlafen.«
»Die müssen hier irgendwas anderes zum Aufwecken haben«, sagte Marlene.
Wir schauten uns suchend um. Der große Raum war völlig verkramt, die Seiten und Ecken zugestellt mit Gerümpel und Dingen, die keiner mehr brauchte oder von denen keiner mehr wusste. Ohne einen kleinen Hinweis würden wir ewig

suchen. Drei Stunden sind aber keine Ewigkeit. Und die Uhr tickte.

»Wie sollen wir denn hier was finden?«, sagte ich und kickte ärgerlich eine dicke Rolle schwarzes Tape zur Seite.

»Was ist das da?«, fragte Marlene.

Sie zeigte nach oben auf den Schrank. Dort stand eine verrostete Blechkiste mit einem aufgemalten, halb abgeblätterten roten Kreuz.

»Ein alter Erste-Hilfe-Kasten«, sagte ich.

Ich griff mir einen der Stühle und holte den Blechkasten vom Schrank.

»Es wäre ja fast lachhaft«, sagte ich, »aber Herr Kux scheint trotz allem besorgt um die Kinder, zumindest um ihre Zähne und Muskeln, und er ist Naturwissenschaftler. Es würde ihm irgendwie ähnlich sehen, wenn er in einem Kasten mit einem dicken roten Kreuz darauf das Mittel zum Aufwachen verwahrt.«

»Nun mach den Kasten schon auf!«, drängte Marlene.

Ich öffnete den Deckel. Darin stand ein einzelnes kleines Fläschchen.

»Ha!«, sagte ich triumphierend und nahm es heraus.

»Und wenn es etwas anderes ist? Gift oder so etwas?«, befürchtete Marlene.

»Marlene, das ist es nicht«, sagte ich und zeigte ihr das Schildchen, das auf der kleinen Flasche klebte.

Kinder, wacht auf! 30 Tropfen für ein unkompliziertes Erwachen

»Die sind noch bescheuerter, als ich dachte«, sagte Marlene.

22. Chaos

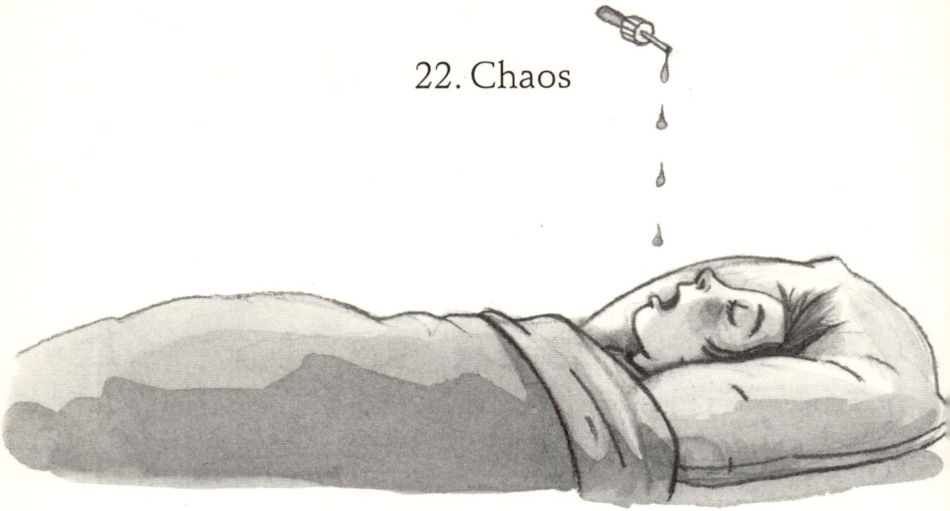

Wir traten an Kaspars Bett. Ich drehte den Deckel vom Fläschchen auf, an dem eine Pipette hing. Als ich auf den kleinen Gummiball der Pipette drückte, saugte die sich voll. Zum Glück schlief Kaspar mit offenem Mund. Das sah zwar nicht besonders schön aus, war aber in dem Moment superpraktisch. Ich hielt die Luft an und ließ vorsichtig dreißig Tropfen aus der Pipette in seinen Mund tropfen. Aufgeregt schauten wir ihm dann ins Gesicht. Nichts. Doch plötzlich verschluckte Kaspar sich und hustete. Leider passierte danach aber nichts weiter.

»Es dauert wahrscheinlich etwas, bis die Tropfen wirken«, flüsterte Marlene.

Ich deutete auf Rüdiger. »Wir können mit dem Einflößen ja schon mal weitermachen.«

Das Eintropfen klappte auch bei den beiden aus der Sechsten gut. Zwar hatten die ihre Münder geschlossen, doch Marlene schob ganz vorsichtig einen Löffel zwischen ihre Lippen, und die Pipette passte in den Schlitz. So konnte ich zwar nicht genau die Tropfen abzählen, aber ich hoffte, dass ein Tropfen mehr oder weniger nicht viel ausmachen würde. Am besten gar nichts. Der Letzte war Uwe Bommel.

»Er ist ein Knirscher«, sagte Marlene.

»Ähm, wie bitte?«, fragte ich.

»Uwe Bommel beißt im Schlaf die Zähne zusammen«, sagte Marlene. »Das tun Menschen mit inneren Anspannungen und Problemen. Der ist wahrscheinlich gar nicht so ein Maulheld, wie er immer tut.«

»Na ja, Maulhelden sind ja, wie der Name schon sagt, auch gar keine echten Helden, sondern reißen nur das Maul –«

»Anton?«, sagte Marlene mit hochgezogenen Augenbrauen, und ich wandte mich wieder unserem Problem, dem fest zusammengepressten Mund von Uwe Bommel, zu.

»Ich glaube, da hilft nur Gewalt«, sagte ich.

Marlene schaute mich aufmerksam an. »Kann es sein, dass du das gerade mit einem kleinen Lächeln gesagt hast?«

»Nö, wieso?«, fragte ich.

»Ich hatte so ein Gefühl. Immerhin hast du ja noch eine Rechnung mit ihm offen.«

»Ach, Unsinn, nur weil er mich aus dem Nichts heraus geschubst und bedrängt hat, mich verprügeln wollte und ich darum aus Versehen dem kleinen Kai eine reinhaute und riesengroßen Ärger bekam, habe ich doch keine Rechnung mit ihm offen«, sagte ich und grinste etwas scheinheilig.

Natürlich war die Gelegenheit supergünstig. Doch man soll nicht Gleiches mit Gleichem vergelten, zumindest nichts Böses, sondern nur das Gute und die Liebe.
Marlene nahm Uwe Bommels Kinn in eine Hand und zwängte den Löffel zwischen seine langen Zähne. Es knirschte, und der Löffel steckte fest zwischen seinen Lippen. Die bildeten nun einen winzigen offenen Spalt, durch den ich das Mittel tropfen konnte.
»Da ist eine Menge wieder herausgelaufen«, stellte Marlene fest.
»Dann wird die Dosis nicht genügen«, sagte ich. »Uwe Bommel ist sowieso riesig und braucht vielleicht sogar etwas mehr als dreißig Tropfen.«
»Wir geben ihm noch mal dreißig, dann hat er garantiert genug«, sagte Marlene.
»Lieber fünfzig«, murmelte ich und tropfte sechzig Tropfen in Uwe Bommels Mund.
Schließlich waren alle Kinder versorgt. Wir postierten uns an den Fußenden der Betten und warteten. Zuerst erwachte Uwe Bommel. Ganz plötzlich öffnete er die Augen, riss den Mund auf und setzte zu einem Wutgeheul an.
»Stopp!«, rief Marlene.
Vor Überraschung machte Uwe Bommel seinen Mund tatsächlich wieder zu.
»Warte, bis alle wach sind«, sagte ich. »Dann erklären wir euch, was hier los ist.«

Aber Uwe Bommel dachte gar nicht daran, auf irgendwas zu warten. Nachdem er den ersten Überraschungsmoment überwunden hatte, sprang er aus dem Bett, ging in Boxkampfstellung und begann, vor mir herumzutänzeln. Ich sah, dass er noch immer seine Zähne zusammenbiss. Vielleicht noch etwas fester als im Schlaf.

»Uwe! Nicht!«, rief Marlene.

Doch es war zu spät. Uwe Bommel schrie wie am Spieß und ließ seine Faust nach vorne schnellen. Zum Glück hatte ich so eine Ahnung gehabt und mich rechtzeitig geduckt. Seine Faust sauste voller Schwung durch die Luft, und Uwe Bommel verlor das Gleichgewicht. Leider nicht so sehr, dass er selbst zu Boden ging. Er drehte sich um und ging wieder auf mich los.

»Du blöder Typ!«, schrie er. »Was hast du mit mir gemacht?«

Ich hätte ihm ja gerne alles erklärt, aber er wollte nicht zuhören. Als Uwe Bommels Faust das nächste Mal vorschnellte, hüpfte ich zur Seite und duckte mich wieder. Uwe Bommel schrie wie ein Berserker.

Plötzlich setzte er sich jedoch ganz abrupt auf einen Stuhl und starrte mich perplex an.

»Schnell! Anton, hilf mir!«, rief Marlene.

Sie hatte Uwe Bommel den Stuhl mit aller Wucht in die Kniekehlen gestoßen, so dass er gar nicht anders konnte, als sich zu setzen. Nun klebte sie seine Hände mit Tape hinten an der Lehne fest. Uwe Bommel war einfach zu überrascht, um sich zu wehren. Ich schnappte mir das Tape und klebte auch seine Füße an die Stuhlbeine. Bevor er wieder in ein mächtiges Wutgeheul ausbrechen konnte, verschloss ihm Marlene mit einem Klebestreifen auch den Mund.

»Verdammt! Das waren wohl doch zu viele Tropfen«, sagte ich.

»Hoffentlich beruhigt er sich schnell wieder«, murmelte Marlene.

Im Moment sah das allerdings nicht so aus, denn Uwe Bommel versuchte, mit dem Stuhl herumzuhüpfen, und rollte wie ein Irrer die Augen.

»Uwe, du musst damit aufhören«, sagte Marlene. »Sonst fällst du mit dem Stuhl um, und deine Augäpfel ploppen aus ihren Höhlen und rollen weg. In diesem ganzen Kram hier unten finden wir die nie wieder.«

Vor Schreck erstarrte Uwe.

Inzwischen waren auch die anderen aufgewacht.

»Mann, fühle ich mich ausgeschlafen«, sagte Kaspar und reckte und streckte sich. »Als hätte ich tagelang nur geschlafen.«

»Na ja«, sagte ich.

Da starrte er mich an.

»Was machst du in meinem Zimmer?«, fragte er verdattert.

»Das ist nicht dein Zimmer, sondern meins, und ich frage euch, was ihr hier macht. Wir kennen uns doch gar nicht! Raus!«, rief der Junge, dessen Abbild sich als Rüdiger vorgestellt hatte.

»Das ist doch totaler Blödsinn!«, ereiferte sich Kaspar. »Das hier bin ich in meinem Pyjama unter meiner Bettdecke in meinem Zimmer!«

»So ein Quatsch!«, schrie der Junge namens Rüdiger.

Das Mädchen aus der Sechsten, deren Name Lisa war, saß in ihrem Bett und rührte sich nicht. Stumm blickte sie umher und schien doch nichts zu begreifen.

Marlene und ich schauten uns an. Mit so einem Chaos hatten wir nicht gerechnet. Wenn ich allerdings an Katharina Winter dachte, dann hatten wir eigentlich noch Glück gehabt. Katharina musste von zwei Schwestern festgehalten werden und Beruhigungsmittel gespritzt bekommen.

Uwe Bommel hatte wieder angefangen, mit seinem Stuhl herumzuhüpfen, Rüdiger und Kaspar stritten sich darüber, in wessen Zimmer sie nun waren, und Lisa saß völlig benommen auf ihrem Bett. Verdammt! Für so etwas hatten wir einfach keine Zeit.

In dem Moment sah Lisa zu den beiden Streithähnen hin.

»Seid ihr bescheuert?«, sagte sie. »Wir sind hier weder bei dem einen noch bei dem anderen, sondern in irgendeinem Keller. Und wenn ich mich hier genauer umschaue, dann sieht das nicht unbedingt wie ein Ferienlager aus.«

Jetzt hörten Kaspar und Rüdiger endlich auf zu streiten. Sie ließen sich auf ihre Matratzen plumpsen und schauten stumm umher.

»Danke, Lisa«, sagte ich.

Lisa drehte den Kopf irgendwie viel zu langsam in meine Richtung. »Wer bist du denn überhaupt? Und woher kennst du meinen Namen?«
Alle Augen richteten sich auf mich. Endlich konnten Marlene und ich ihnen erzählen, was passiert war. Die peinliche Gymnastikstunde mit Herrn Kux erwähnten wir nicht, und das Paralleluniversum verschwiegen wir natürlich auch. Das Erste wäre ihnen vielleicht zu peinlich gewesen, das Zweite würden sie uns wahrscheinlich nicht glauben. Das würde die Sache nur noch komplizierter machen, und die Situation war auch so schon schwierig genug. Die vier blickten mich weiterhin stumm an, auch als ich eine kleine Pause machte. Darum wollte ich gleich zu unserem Plan übergehen.
»Also, im Nachbarraum sitzen seltsame bleiche Wesen«, sagte ich.
»Was für seltsame bleiche Wesen?«, fragte Rüdiger.
»Kellergespenster!«, rief Kaspar und grinste.
»Urghhhhhh!«, machte Uwe hinter seinem Tape, das ihm noch immer den Mund zuklebte, und guckte panisch umher. Hatte der starke Uwe, der nicht lang fackelt, bevor er zuschlägt, etwa Angst vor Gespenstern?
»So was in der Art«, sagte ich.
Während Uwe seine Augen unglaublicherweise noch weiter aufriss, brachen Rüdiger und Kaspar in unbändiges Lachen aus.
»Es sind Erfindungen von Herrn Kux«, sprang mir Marlene er-

klärend zur Seite. »Sie sind ganz bleich und durchscheinend. Und sie können sich bewegen und sprechen.«
»Ach, du liebe Scheiße!«, rief Kaspar. »Ihr verarscht uns doch! Oder?«
»Nein«, sagte ich. »Sie sind wirklich da. Eigentlich sind sie nur aus Wasser, aber uneigentlich ... na ja, also ...«
»Ja?«, fragte Lisa.
»Na ja, sie sehen aus wie ihr«, sagte Marlene. »Wie lebendige Spiegelbilder.«
»Ach, du liebe Scheiße!«, rief Kaspar noch einmal.
»Darum sollten wir in diesen komischen Wasserspiegel gucken«, sagte Lisa. »Dann ist da nebenan also noch eine Lisa?«
»Nein, das ist nicht noch eine Lisa«, beeilte ich mich zu sagen. »Es ist wirklich nur so etwas wie ein Spiegelbild. Zugegeben, es ist ein ziemlich lebendiges, sprechendes Spiegelbild, und ich weiß, das klingt alles total irre. Aber eigentlich sind diese Wesen nur Wasser. Das dürft ihr nicht vergessen.«
»Hoffentlich sind sie nur Wasser«, flüsterte Marlene neben mir, und mein Herz machte einen ziemlich unangenehmen Doppelschlag.
Dann trat Marlene auf Uwe Bommel zu. »Kann ich dir das Tape abmachen, ohne dass du wieder anfängst zu schreien?«, fragte sie.
Uwe Bommel nickte, und Marlene riss ihm mit einem Ruck das Tape vom Mund. Natürlich musste Uwe Bommel trotz seines Versprechens schreien, allerdings vor Schmerz. Als er

sich wieder beruhigt hatte, befreiten wir ihn auch von dem Stuhl. Uwe Bommel sprang auf und boxte in die Luft.

»Wir sind also entführt worden, und im Nachbarraum sitzen gruselige Gespenster, die aussehen wie wir?«, rief er. »Ich würde sagen, nichts wie weg hier.« Uwe Bommel lief auf die Tür zu.

»Das geht leider nicht«, rief ich ihm hinterher. »Erstens sind wir hier eingeschlossen, und zweitens müssen wir die anderen entsorgen –« Ich hörte Marlene scharf die Luft einziehen. »Ähm, also, was ich meine ist, wir müssen diese Wesen wieder zu Wasser werden lassen«, verbesserte ich mich schnell. »Und auch noch ein paar andere seltsame Dinge hier rausschaffen.«

»Warum müssen wir das machen?«, fragte Rüdiger eine völlig berechtigte Frage.

»Könntet ihr das kurz einfach so hinnehmen, bitte?«, fragte Marlene. »Wir stehen nämlich ziemlich unter Zeitdruck. Bitte vertraut uns. Wir erklären euch später alles, aber jetzt müssen wir uns überlegen, wie wir sie hier rauskriegen.«

»Und zwar alle von ihnen«, fügte ich noch hinzu.

»Was meinst du mit *alle von ihnen?*«, fragte Kaspar.

»Na ja, es sind wohl nicht alle was geworden«, murmelte Marlene.

»Und was meinst du damit?«, fragte Uwe Bommel und blieb hüpfend vor uns stehen. Er machte mich ganz nervös mit seiner ständigen Luftboxerei.

»Da gibt es auch noch welche in den Schränken, die wohl Kux' Ansprüchen nicht genügten«, drückte sich Marlene etwas kompliziert aus.

Aber wie hätte man den vieren auch sagen sollen, dass im Nachbarraum nicht nur Abbilder ihrer selbst waren, sondern eben auch noch misslungene Abbilder ihrer selbst in den Schränken hockten. Vielleicht hätten wir sie uns doch vorher einmal anschauen sollen. Wer weiß, wie schrecklich sie aussahen und wie viele es überhaupt waren.

»Dann holen wir die da jetzt eben raus«, sagte Rüdiger, als gäbe es gar keine offenen Fragen mehr.

23. Der, der nichts geworden war

Rüdiger und Uwe Bommel rannten voraus in den Nebenraum. Doch als wir dort ankamen, standen beide wie angewurzelt vor dem Tisch und starrten auf ihre Spiegelbilder.

»Ach du Scheiße!«, rief Kaspar.

Mir fiel wieder ein, wie schrecklich es sich angefühlt hatte, als mir meine eigenen Spiegelbilder aus dem See der Parallelwelt zugewunken hatten, und die hatten lange nicht so lebendig ausgesehen, wie die hier am Tisch.

»Was mache ich da?«, fragte Uwe Bommel erschüttert.

»Schach spielen«, sagte Lisa.

»Das kann ich gar nicht«, brummte Uwe Bommel.

»Der da bist ja auch nicht du«, erklärte Marlene.

»Das ist alles der totale Wahnsinnsscheiß«, murmelte Kaspar. Er trat einen Schritt näher an den Tisch heran.

»Der Typ lernt Physik«, sagte er und deutete auf sein Spiegelbild. »Ausgerechnet Physik? Ich hasse Physik.«

Der *Typ*, der aussah wie er, hob seinen Blick aus dem Schulbuch und stand auf. Er streckte Kaspar die Hand hin. »Mein Name ist Kaspar. Und wie heißt du?«, fragte er.
Kaspar ließ sich seine Hand von seinem Spiegelbild dreimal auf- und abschütteln, wobei er weiß wie ein Bettlaken wurde.
»Auch Kaspar«, krächzte er.
Inzwischen war Marlene an die polternde Schrankwand getreten.
»Marlene, warte!«, rief ich. »Vielleicht ist es dafür noch etwas zu früh? Immerhin haben sie sich noch nicht mal an die Spiegelbilder gewöhnt, die was geworden sind.«
»Quatsch«, rief Uwe Bommel, trat zu Marlene und riss an der Schranktür. »Was immer da im Schrank hockt, kann mich nicht mehr erschrecken.«
Leider stimmte das nicht.
Als die Tür geöffnet war, kam es langsam heraus. Ich hatte die Luft angehalten, um mich innerlich zu wappnen. Als Marlene kicherte, atmete ich wieder aus.
»Das ist Uwe Bommel«, sagte Lisa.
»Nein, das ist eines seiner Spiegelbilder«, sagte ich.
»Ein misslungenes«, meinte Kaspar.
»Warum denn misslungen?«, fragte Uwe Bommel.
Da mussten wir losprusten. Klar, Übersprunghandlung. Aber lustig war es trotzdem, auch wenn Uwe Bommel das nicht fand.
»Keine Ahnung, was daran so witzig sein soll«, schmollte er.

Währenddessen hatte sich sein angeblich misslungenes Spiegelbild zu seiner ganzen Pracht entfaltet. Es schwebte vor uns und nahm die verschiedenen Posen eines Bodybuilders ein. Es schien seine eigenen Muskeln zu bewundern, obwohl das nicht besonders viele waren. Dabei zog es sehr lustige Fratzen, die wohl böse und finster sein sollten. Ich war mir sicher, dass Uwe Bommel so etwas öfter zu Hause vor dem Spiegel übte: Muckis spielen lassen und böse Gesichter ziehen. Das Abbild war so durchscheinend wie die Spiegelbilder im Paralleluniversum. Es konnte weder sprechen, noch beachtete es uns oder die anderen Spiegelbilder. Endlich frei waberte es durch den Raum. Wir schauten ihm fasziniert dabei zu.
»Wir müssen etwas unternehmen«, drängte Marlene. »Die Zeit verrinnt, und wir wissen noch nicht, wie wir hier rauskommen.«
Außerdem polterte es gegenüber im großen Schrank.
»Da sind auch noch welche drin«, sagte Kaspar leise.
Wir liefen zum Schrank. Nur Uwe blieb stehen, wo er war, und warf verwirrte Blicke zwischen seinem wohlgeratenen schachspielenden Abbild und dem posierenden Fratzenschneider hin und her. Für einen Moment fragte ich mich, was er wohl dachte. Immer wieder hüpfte er ein bisschen und boxte in die Luft. Aber dafür konnte er ja nichts. Die Tropfendosis war einfach viel zu hoch gewesen.
Da die Geräusche aus dem Wandschrank lauter und viel fordernder waren, vermutete ich viel mehr von den Spiegel-

bildern darin. Oder etwas ganz anderes. Und das war es dann auch. Denn als wir die Schranktüren öffneten, sprangen uns Herr Kux und Dieter Doofmann entgegen.
»Verdammt!«, rief ich erschrocken.
Dann erst sah ich, dass es gar nicht die beiden persönlich, sondern sehr weit entwickelte Spiegelbilder von ihnen waren. Das von Dieter Doofmann trug einen asiatischen Kampfsportanzug und das unseres Physiklehrers so einen Gymnastikanzug wie der echte Kux vorhin. Dieser war allerdings rosa.
Die beiden begaben sich sofort in der Mitte des Raumes in eine Kampfstellung. Dann begannen sie, sich gegenseitig anzugreifen. Was genau sie da machten, wusste ich nicht. Es schien eine Mischung aus Karate, Boxen und Ringen zu sein. Sie bewegten sich in absoluter Stille. Ihre auf den Betonboden aufschlagenden Körper, die boxenden Fäuste und gesprungenen Tritte erzeugten keinerlei Geräusch. Allerdings ließen die beiden laute Kampfschreie und wildes Knurren ertönen. Wir schauten ihnen verblüfft bei ihrem Treiben zu.
»Was soll das denn sein?«, fragte Rüdiger.
»Das ist es, was die beiden hier ständig im Keller machen«, sagte ich. »Sie geben Wetten auf ihre eigenen kämpfenden Spiegelbilder ab wie auf mexikanische Kampfhähne.«
»Ach, Anton, das ist ja ein furchtbarer Vergleich«, murmelte Marlene und zwirbelte. »Die armen Tiere.«
»Du meinst, die haben sich selbst als lebende Spielfiguren gespiegelt?«, fragte Kaspar.

»Na ja, das haben sie mit uns ja auch gemacht«, sagte Lisa.
Wir schauten den beiden kämpfenden Spiegelbildern, die immer wieder aufeinander losgingen, eine Weile zu.
Plötzlich glaubte ich, die Lösung für unser Gefangenenproblem gefunden zu haben. »Ich habe eine Superidee!«, rief ich. Doch dazu musste ich erst einmal etwas überprüfen. Darum lief ich zwischen die Kämpfenden. Wie erwartet, traf mich ein Tritt. Unerwartet war allerdings, dass ich in weitem Bogen davonflog. Während ich bange auf die garantiert sehr schmerzhafte Landung wartete, ärgerte ich mich fürchterlich darüber, dass ich so unüberlegt gehandelt hatte. Dann musste ich erst einmal eine Weile liegen bleiben, um wieder Luft zu bekommen. Marlene und die anderen kamen angelaufen.
»Spinnst du, Anton!«, schimpfte Marlene. »Ist das deine Superidee gewesen, dich umtreten zu lassen?«
»Wenigstens wissen wir jetzt, dass sie auch einen echten Menschen umhauen können«, stöhnte ich, als ich wieder sprechen konnte.
»Na und?«, fragte Rüdiger.
Aber in Marlenes Augen blitzte Verstehen auf. »Du meinst, wir lassen den echten Kux und den echten Doofmann einfach gegen ihre eigenen Spiegelbilder kämpfen?«, sagte sie.
»Ganz genau«, sagte ich. »Dann müssen wir uns nicht um sie kümmern.«
»Keine schlechte Idee«, sagte Kaspar und half mir wieder auf die Beine.

»Lasst uns mal überlegen, wie das Ganze ablaufen soll, wenn Kux und der Schulleiter hier auftauchen«, sagte Rüdiger.
Wir ließen die Abbilder der Entführer weiterkämpfen und gingen zu den Spiegelbildern an den Tisch. Uwe ließ sich neben dem seinen nieder und beobachtete das Schachspiel mit Argusaugen.
»Das ist echt toll!«, rief er begeistert.
Alles andere um ihn herum schien ihm auf einmal ganz egal zu sein. Er konnte beinahe stillsitzen, die Überdosis schien abgebaut zu sein.
»Könnt ihr euch eigentlich erinnern, wie ihr entführt wurdet?«, fragte ich.
»Keine Ahnung«, antwortete Uwe Bommel und riss sich für einen Moment doch vom Spiel los. »Wir waren beim Elterngespräch, das weiß ich noch. Und der Schulleiter schlug meinen Eltern so ein blödes Camp für mich vor. Irgendwas mit viel Sport und Disziplin und Regeln lernen. Meine Eltern fanden das voll cool, und ich sollte da zwei Wochen hinfahren.«
»Hey, genauso war es bei mir auch«, sagte Kaspar. »Ich fand das superscheiße und habe einen riesigen Aufstand gemacht, aber meine Eltern ließen sich nicht beirren.«
»Genau wie meine«, sagte Lisa. »Meine Mutter hat meine Tasche gepackt und mich abends hierher zum Schulhof gefahren. Im Büro des Schulleiters haben wir noch Tee getrunken, dann sind meine Eltern gegangen, und von dem Moment an weiß ich nichts mehr.«

»Bei mir war es auch so«, sagte Rüdiger.

Inzwischen war mir klargeworden, dass ich dem Ganzen entkommen war, weil meine Eltern sich niemals auf so einen Quatsch eingelassen hätten. Mama hätte wahrscheinlich eher den Schulleiter und Herrn Kux in ein Erziehungscamp geschickt als mich.

»Die gehören auf alle Fälle in den Knast«, sagte ich. »Der Schulleiter und Kux, sein Handlanger.«

»Okay, da sind wir uns alle einig, aber wie geht es jetzt weiter?«, fragte Lisa.

»Ja, Anton, was machen wir nun?«, wollte auch Kaspar wissen.

Ich räusperte mich erst einmal, denn die perfekte Lösung hatte ich noch nicht im Kopf. Außerdem wollten wir ja den anderen nichts vom Paralleluniversum erzählen, um sie nicht noch mehr zu verwirren.

»Also, gegen acht kommen der Schulleiter und Kux hierher, um euch zu versorgen –«

»Um uns zu versorgen, also wirklich!«, empörte sich Lisa.

»Ich habe meinem Opa eine Mail geschickt«, fuhr ich fort. »Er wird die Polizei wenige Minuten nach acht Uhr informieren, die dann kurz danach vorfährt. Wir kommen hier vorher blöderweise nicht raus, weil die Tür abgeschlossen ist. Wir müssen also irgendwie zwischen dem Eintreten der Entführer und dem Eintreffen der Polizei entkommen.«

»Warum das denn?«, fragte Uwe Bommel.

»Ja, genau«, sagte Rüdiger. »Warum? Wir können doch seelenruhig die Polizei ihren Job machen lassen. Wozu der Stress?«

»Marlene und ich glauben, dass es superwichtig ist, dass wir die Unwahrscheinlichkeiten vorher befreien.«

»Du meinst die Spiegelbilder?«, fragte Rüdiger.

»Nicht nur die, es gibt im vorderen Raum noch andere Sachen, die Kux erfunden hat«, sagte Marlene.

»Wir glauben, dass es wichtig ist, dass diese Unwahrscheinlichkeiten wieder wahrscheinlich werden. Das passiert, wenn sie sich draußen frei bewegen und ihren Wahrscheinlichkeiten begegnen. Gegen die haben sie einfach keine Chance –«

»Zumindest glauben wir das«, unterbrach mich Marlene.

»Genau, das glauben wir, wissen können wir es ja nicht. Woher auch?« Ich versuchte wirklich, mich kurz zu halten. »Darum ist es wichtig, dass wir sie im Park verteilen. Wir haben Kux vorhin belauscht, als er darüber mit Dieter Doofmann sprach, und –«

»Und Schluss«, sagte Marlene, bevor ich wieder anfing, lange Geschichten zu erzählen, weil ich log. Oder besser gesagt, weil ich etwas verschwieg.

»Kann es sein, dass ihr auch eine kleine Meise habt?«, fragte Uwe Bommel. »Ich meine, was soll denn dieser Mist? Unwahrscheinlichkeiten und so was. Soll sich doch Kux um seine blöden Erfindungen kümmern. Wieso müssen wir das machen? Immerhin sind wir hier die Opfer!«

»Und wer ist eigentlich Dieter Doofmann?«, fragte Rüdiger.

»So nennen wir den Schulleiter«, murmelte Marlene.
Dann schauten wir uns ziemlich hilflos an. Wie sollten wir den vieren das alles erklären, ohne vom Paralleluniversum zu erzählen?
»Na ja …«, begann ich herumzudrucksen.
»Wir haben einfach Angst, dass die Polizei die Sache nicht ernst nimmt und sich erst mal um euch und die Entführer kümmert, während die Unwahrscheinlichkeiten abhauen und in der Stadt herumgeistern. Wer weiß, was da alles passieren kann«, sagte Marlene.
Uwe Bommel kratzte sich am Kopf.
»Hier scheint ein ganz irres Ding zu laufen«, sagte Kaspar. »Im Moment verstehe ich noch nicht, wieso, weshalb und warum wir das tun müssen –«
»– aber ihr habt uns befreit, und wir hoffen jetzt mal, dass ihr wisst, was ihr tut«, sagte Lisa.
Und damit war die Sache zum Glück erst einmal geklärt.
»Also, wie lautet nun der endgültige Plan?«, fragte Rüdiger. »Wie kommen wir hier raus, bevor die Polizei eintrifft? Und was machen wir mit Kux und dem Schulleiter?«
»Die lassen wir ja gegen sich selbst kämpfen«, sagte ich.
»Das ist irre«, freute sich Uwe Bommel und sprang wieder in seine Boxstellung. »Nehmen wir Wetten an?«
»Die Idee ist ganz cool«, sagte Kaspar, »aber werden die sich selbst auch angreifen?«
»Ich dachte mir das so«, begann ich zu erklären. »Wenn die

zwei hier auftauchen, dann erwarten einige von uns sie draußen im Gang. Wir lassen Dieter Doofmann, also den Schulleiter, der ja immer vorausgeht, hier reinlaufen und halten Kux fest. Vorher sperren wir aber das Spiegelbild vom Silikonmann wieder in den Schrank –«

»Wer ist denn jetzt der Silikonmann?«, fragte Lisa.

»Das ist der Schulleiter«, sagte Marlene.

»Ich dachte, den nennt ihr Dieter Doofmann«, sagte Uwe Bommel.

Die vier richteten ihre Augen auf uns, und ich war mir ziemlich sicher, Misstrauen oder zumindest eine ziemliche Unsicherheit darin zu lesen. Ich konnte das total verstehen. Keine Ahnung, wie ich reagieren würde, wenn mir jemand all das auftischte, kurz nachdem ich aus einem tagelangen Schlaf erwacht wäre.

»Verstehe«, sagte Rüdiger jedoch zum Glück.

»Guter Plan«, sagte Kaspar. »Wenn der Schulleiter hier reinkommt, greift ihn Kux' Spiegelbild sofort an. Dann lassen wir den echten Kux und das Spiegelbild vom Schulleiter wieder frei, und die werden aufeinander losgehen.«

»Und wir können abhauen, weil alle schwer beschäftigt sind«, sagte Rüdiger.

»Dann haben wir nur noch ein Problem, allerdings ein ziemlich großes«, sagte Marlene. »Wie kriegen wir die anderen Spiegelbilder und die Unwahrscheinlichkeiten hier raus?«

24. Das Monster

»Wo ist eigentlich der misslungene Uwe?«, fragte Lisa.
»Hey!«, rief Uwe Bommel empört.
Aber Lisa hatte recht, sein Abbild war nirgends zu entdecken.
»Vielleicht ist er wahrscheinlich geworden«, überlegte Marlene.
»Dann müsste hier aber irgendwo eine Pfütze sein«, sagte ich.
»Mensch, Leute, die Tür ist doch offen!«, rief Kaspar. »Der ist einfach raus.«
Wir liefen alle in den Flur und von dort in den ersten Raum mit den Unwahrscheinlichkeiten.
»Das ist ja total irre«, sagte Uwe Bommel und deutete auf die schwebenden Metallbrocken an der Decke.
Die anderen starrten staunend umher.
»Da ist er!«, rief Marlene.
Der Misslungene hockte in einer Ecke. Als wir uns ihm näherten, sah ich, dass neben ihm eine verkorkte Flasche mit

unwahrscheinlichem Wasser stand. Der gespiegelte Uwe Bommel versuchte, die Flasche zu greifen und sie zu öffnen. Doch seine Nebelhände schienen dafür nicht genügend Kraft zu haben.

»Der will an das Wasser«, sagte Kaspar. »Vielleicht hat er Durst. Immerhin hat er in dem engen Schrank gesteckt.«

»Die Spiegelbilder brauchen nichts zu trinken, die sind doch selbst Wasser«, sagte ich.

Fasziniert beobachtete ich, wie das durchscheinende Bild von Uwe Bommel es schließlich doch schaffte, die Flasche festzuhalten und den Korken mit seinen langen Zähnen ganz langsam aus der Flasche zu ziehen. Schließlich machte es *Plopp!,* und der Korken war draußen. Bevor einer von uns reagieren konnte, passierte etwas Unglaubliches oder besser gesagt, etwas Unvorhergesehenes.

»Ach du Scheiße!«, rief Kaspar, der ja sehr großzügig mit dem Wort umging, das die Erwachsenen uns verboten haben, während sie es selbst so gern benutzen. »Wie der Dschinn von Aladin.«

Der gespiegelte Uwe Bommel hatte sich mehrere Meter in die Länge gezogen. Dabei wurde er dünn wie ein Seil, das sich bis an die hohe Decke erstreckte und dabei Schlaufen und Windungen bildete. Dann bewegte sich das untere Ende auf die Flasche zu, kletterte in die Öffnung, und das ganze lange dünne Ding, das mal ein mit seinen Muskeln protzendes Spiegelbild von Uwe Bommel gewesen war, schnellte wie eine losgelassene Uhrfeder in die Flasche. Das Letzte, was im Raum von ihm blieb, war ein langer Seufzer der Erleichterung.

»Ich glaube, die Flasche ist nun voll«, sagte Marlene.

Sie schnappte den Korken und stöpselte ihn wieder in den Flaschenhals. Dann drehte sie sich mit der Flasche in der Hand strahlend zu uns um. »Ich glaube, soeben hat sich eines der Probleme gelöst. So können wir die Spiegelbilder transportieren.«

»Aber die passen da nicht alle rein«, gab Rüdiger zu bedenken.

»Es gibt hier noch mehr von diesem Wasser«, sagte ich und deutete auf die Zimmerwasserfälle auf der anderen Raumseite. »Wir brauchen nur ein paar leere Flaschen. Das Wasser müssen wir ja sowieso irgendwie wegtragen.«

»Zwei Fliegen mit einer Klappe«, sagte Kaspar. »Was ist an dem Wasser eigentlich unwahrscheinlich?«

»Ich glaube, wir müssen langsam drei Fliegen mit einer Klappe erledigen. Die Zeit wird knapp«, mahnte Marlene, als hätte sie Kaspars Frage nicht gehört.

Uwe Bommel trat zu ihr.

»Marlene, gib mal die Flasche her«, sagte Uwe Bommel mit einer ganz komischen Stimme. »Ein Mädchen wie du sollte nicht so was Gruseliges halten müssen.«

Marlene gab Uwe Bommel die Flasche, in der sein Abbild leuchtende Schlieren zog, und lächelte ihn dankbar an. Ich bekam einen merkwürdig engen Hals. Der wurde auch nicht weiter, als Uwe Bommel Marlenes Lächeln mit einem breiten Grinsen erwiderte. Hektisches Schlucken half ebenfalls nicht.

»Los, lasst uns weitere Flaschen suchen!«, rief ich viel lauter, als ich wollte. »Und am besten beeilen wir uns etwas.«

In einer mit altem Kram vollgestellten Ecke fanden wir einige leere Weinflaschen mit Korken. Die füllten wir vorsichtig mit dem Wasser aus den Zimmerwasserfällen.

»Komisch, dass das Wasser nach oben fließt«, sagte Lisa.

»Alles irgendwelche verbotenen Experimente von Kux«, warf ich schnell ein und verbiss mir jedes weitere Wort. Das fiel mir nicht besonders schwer, denn ich musste Uwe Bommel beobachten, der sich zu Marlene an einen der Wasserfälle hockte, wo sie gerade eine Flasche füllte. Was hatten die beiden denn schon wieder zu besprechen?

Endlich kam Marlene zu mir gelaufen und stellte sich neben mich. »Jetzt müssen wir noch die anderen Sachen einsammeln«, sagte sie und lächelte mich an.

»Genau«, knurrte ich und ging ein Stück weg.

»Ähm, Anton, was ist denn los?«, fragte Marlene.

Aber ich tat so, als hätte ich sie nicht gehört. Ich schnappte mir eine der mit unwahrscheinlichem Wasser gefüllten Flaschen. Aus den Augenwinkeln sah ich, dass Marlene zu den Moostierchen ging. Ich selbst lief zu den Spiegelbildern, die noch immer ihren langweiligen Beschäftigungen nachgingen. Ich stellte die Flasche mitten auf den Tisch, damit sie dort einziehen konnten.

Leider passierte überhaupt nichts. Die Spiegelbilder beachteten die Flasche gar nicht, sondern spielten weiter Schach, lernten und hantierten mit dem Chemiebaukasten.
»Die wollen da nicht rein«, stellte Kaspar überflüssigerweise fest.
»So was Blödes«, knurrte ich und wusste gar nicht so genau, was ich meinte.

Dann packten wir erst einmal möglichst viele Unwahrscheinlichkeiten für unsere Tour in den Park zusammen. Die kriechende Erde schippten wir in alte Beutel, die wir zubanden, damit sie nicht wieder abhauen konnte. Die Regenperlen sammelten wir in Eimern, die Steine legten wir auf einen Haufen. Das Feuer konnten wir zum Glück einfach mit einer alten Decke löschen.
»Ich hab's!«, rief Marlene plötzlich.
Sie zeigte uns ein ziemliches großes Moosbüschel, das sie aus der Menge herausgenommen hatte. »Das ist die Königin, ähm, das Hauptbüschel, um das sich alle scharen.«
Tatsächlich brach zwischen den kleinen Gesellen am Boden Unruhe aus. Sie rüttelten und schüttelten sich und liefen seufzend umher. Schließlich ließen sie sich alle um Marlene nieder. Marlene, mit der Königin in den Händen, machte vorsichtig einige Schritte, und die Büschel folgten ihr.
»Das ist unglaublich!«, rief Lisa und klatschte in die Hände.

»Man könnte denken, die sind lebendig«, murmelte Kaspar.
»Ja, oder?«, sagte ich und ging dann schnell irgendwo anders hin, damit ich nicht anfing, lange Reden zu halten.
Die Metallbrocken an der Decke und die schwebenden leuchtenden Kugeln im anderen Raum konnten wir allerdings nicht einfangen.
»Vielleicht macht es ja nichts, wenn ein paar Sachen hierbleiben«, sagte Marlene und schaute mich zopfzwirbelnd mit traurigen Augen an.
Plötzlich kam ich mir total doof vor. »Bestimmt nicht«, sagte ich und lächelte.
Als sich daraufhin ein großes Strahlen auf ihrem Gesicht ausbreitete, kam ich mir noch doofer vor. Was war da vorhin nur in mich gefahren?
»Das ist ganz schön viel Zeug«, sagte Rüdiger und schaute zweifelnd auf den großen Haufen Unwahrscheinlichkeiten, den wir eingesammelt hatten. »Das kriegen wir niemals alles weg.«
»Wir nehmen, was wir tragen können, und hoffen, dass der Rest keinen großen Ärger macht«, sagte ich.
Wir gingen wieder nach hinten zu den Spiegelbildern.
»Und was ist mit denen?«, fragte Lisa.
»Ich hoffe, dass die einfach mitkommen«, sagte ich.
»Na, wenn du meinst«, murmelte Rüdiger.
Wir blickten zweifelnd auf die fünf bleichen Gestalten, die uns gar nicht beachteten. Warum sollten sie nachher mit uns gehen wollen? Ich wusste es nicht.

Plötzlich ertönte ein fürchterlicher Schrei.
»Sch…sch… schaut mal dadadada«, stotterte Kaspar und deutete zur Tür hinaus.
Ich drehte meinen Kopf und fuhr panisch zusammen. Am Ende des Ganges, im Eingang zum großen Raum, in dem wir gerade noch die Unwahrscheinlichkeiten zusammengeräumt hatten, stand ein Monster.
»Ach du meine Güte, was ist das denn?«, kreischte Lisa auf.
Ich versuchte, ihr zu antworten, doch das ging nicht. Erstens konnte ich vor Schreck nichts sagen, und zweitens konnte ich nicht benennen, was ich da sah. Höchstens beschreiben.
»Das ist ein unglaublich seltsamer Typ«, wisperte Marlene entsetzt. »Er trägt einen Helm mit zwei langen Antennen auf seinem winzigen Kopf und einen langen Mantel. Außerdem hat er vier Arme.«
»Quatsch«, flüsterte Uwe Bommel panisch. »Das ist ein Monster. Ein waschechtes Monster.«
Da erkannte ich es.
»Ich glaube, es ist eine menschengroße Kakerlake«, raunte ich.
»Arghhhhh«, machten Lisa und Uwe Bommel.
»Wir kommen nicht daran vorbei«, sagte Rüdiger.
Das stimmte. Das Ding versperrte uns den Weg.
»Ob der Schulleiter den als Wachposten aufgestellt hat?«, fragte Kaspar.
»Mhm«, machte Marlene. »Warum kommt er dann erst jetzt raus? Wir haben ziemlich lange in dem Raum herumgekramt.«

»Vielleicht haben wir ihn damit geweckt«, sagte Rüdiger.
Wir starrten auf dieses unglaubliche Wesen, das da in etwa zwanzig Metern Entfernung stand.
»Ob er uns angreifen wird?«, fragte Lisa.
»Klar, er hat doch mächtige Waffen in seinen vier Händen und spitze Stacheln an Armen und Beinen. Damit wird er bestimmt versuchen, uns aufzuspießen«, rief Uwe Bommel ängstlich.
»Verdammt, was machen wir jetzt?«, fragte Rüdiger.
»Vielleicht müssen wir gar nichts machen«, überlegte ich. »Wenn die Entführer zu uns wollen, müssen sie auch daran vorbei. Wir könnten einfach abwarten, bis Dieter Doofmann das Vieh aus dem Weg räumt.«
»Aber wenn er es nun dort hingestellt hat, um uns zu bewachen?«, fragte Marlene.
»Oder um uns zu töten?«, fiepte Uwe Bommel.
Die ganze Zeit über stand die riesige Kakerlake aufrecht im Türrahmen. Sie bewegte sich weder weiter auf uns zu noch von uns weg. Dass sie dennoch lebendig und auf der Hut war, konnten wir sehr deutlich an ihren Antennen beziehungsweise den Riesenfühlern erkennen. Die kreiselten nämlich in alle Richtungen. Ganz klar, es hatte uns im Visier.
Auch wir hatten uns keinen Zentimeter mehr bewegt, sondern standen flüsternd, aber wie erstarrt auf der Stelle.
»Wir hauen es um«, bestimmte ich.
»Arghhhhh!«, machten die anderen.

»Du meinst, wir rennen darauf zu und boxen ihm mit unseren Fäusten einfach gegen die Monsterbrust?«, fragte Uwe Bommel unsicher.
»Eher gegen seinen stahlharten Brustpanzer«, sagte Rüdiger resigniert.
»Wir könnten alle zusammen Anlauf nehmen und uns gegen das Ding schmeißen«, schlug Marlene vor. Sie klang dabei aber so, als müsste sie sich in der nächsten Sekunde übergeben.
»Nein, wir machen das nicht mit unseren Fäusten und auch nicht mit unseren Schultern«, sagte ich. »Haltet mal kurz die Stellung.«
Dann ging ich ganz langsam Schritt für Schritt zurück. Ich fixierte das eklige Wesen mit den Augen und versuchte, mich kaum zu bewegen. Es schien zu klappen. Das Kakerlakenmonster blieb still auf der Stelle stehen. Vielleicht konnte es nicht so gut sehen? Ich hatte einfach keine Ahnung von Kakerlaken. Eine schreckliche Bildungslücke.
Schließlich duckte ich mich weg und lief in die Ecke mit den Zeigestöcken. Ich griff mir sechs davon.
»Anton!«, rief Marlene. »Es hat sich bewegt!«
Schnell sprang ich wieder zu den anderen.
»Hier, nehmt jeder einen Stock. Damit machen wir es platt«, sagte ich.
Wir standen in zwei Reihen hintereinander. Uwe Bommel, Kaspar und ich in der vorderen. Hinter uns Marlene, Lisa und Rüdiger.

»Bei drei heben wir die Stöcke«, sagte ich, »bei sechs laufen wir los.«
»Oh, Anton, du bist so mutig«, wisperte Lisa.
»Nee«, sagte ich. »Aber wir haben ja keine Wahl.«
In dem Moment fiel mir etwas auf. Irgendetwas war anders als zuvor.
»Es ist noch größer geworden«, flüsterte Marlene.
Das stimmte. Die riesige Kakerlake reichte nun bis fast an die Decke und füllte den Gang beinahe aus. Es würde schwer werden, uns daran vorbeizuquetschen. Aber da war noch etwas, irgendetwas, das nicht stimmte. Ich kam aber nicht drauf, was es war.
»Eins, zwei, drei«, zählte ich. Wir nahmen die Stöcke über unsere Köpfe. »Vier, fünf, sechs! Los!«
Wir rannten schreiend den Gang entlang und auf das eklige Monster zu. Am liebsten hätte ich die Augen geschlossen, und vielleicht machte ich das auch. Denn plötzlich hörte ich Uwe Bommel schreien.
»Es ist weg! Wo ist es?«
Ich schaute mich um. Ich stand schon mitten im großen Raum, und das Kakerlakenmonster war nirgendwo zu sehen.
»Vielleicht war es nur eine Projektion oder ein Hologramm, und wir sind einfach hindurchgelaufen«, sagte Rüdiger.
»Vielleicht«, sagte ich.
Da spürte ich etwas an meinem Bein hochlaufen.
»Arghhh!«, schrie ich und zappelte wie ein Verrückter.

Etwas fiel aus meinem Hosenbein. Eine Kakerlake. Eine ganz normal große Kakerlake. Sie huschte davon in eine dunkle Ecke. Ich starrte ihr erstaunt nach. Das konnte doch nicht wahr sein!

»Sie wird immer größer, je weiter sie wegflitzt«, sagte Kaspar heiser. »Es ist genau andersherum als in echt.«

»Von so was habe ich schon mal gehört«, sagte Uwe Bommel erschüttert.

Plötzlich musste ich lachen. Es war kein fröhliches Lachen, sondern halb Übersprunghandlung, halb Erleichterung. Dabei fiel mir auch ein, was eben so komisch gewesen war: Das riesige Kakerlakenmonster hatte nicht mehr im Gang gestanden, sondern war in den Raum zurückgelaufen. Trotzdem war es größer geworden.

»Eine Scheinriesenkakerlake«, sagte ich glucksend.

Kaspar fiel in mein Lachen ein. »Genau. Wie Herr Tur Tur.«

»Wer ist das denn?«, fragte Lisa.

»Na, der Scheinriese aus *Jim Knopf und Lukas der Lokomotivführer*«, sagte Kaspar.

»Es war nur eine weitere Unwahrscheinlichkeit. Sonst nichts«, sagte Marlene erleichtert.

»Sonst nichts?«, stöhnte Uwe Bommel und ließ sich auf seinen Hintern fallen.

Doch er sprang sofort wieder auf, denn auf einmal war ein schreckliches Geräusch zu hören. Ein Schlüssel drehte sich in der vorderen Metalltür. Die Entführer kamen.

25. Der Kampf

Wir schauten uns an. Was nun? Ich bedeutete Kaspar, Uwe Bommel, Rüdiger und Lisa, wieder nach hinten zu den Spiegelwesen zu gehen. Lisa griff noch schnell nach einigen alten Säcken und folgte den Jungs. Hoffentlich gelang es den vieren, das kämpfende Spiegelbild Dieter Doofmanns für einen Moment in den Schrank zu sperren. Ich wollte gar nicht drüber nachdenken, denn wir hatten das Ganze noch nicht richtig durchgesprochen. Verdammt, warum hatte ich mich darauf verlassen, dass Dieter Doofmann so doof sei, uns tatsächlich zu verraten, wann sie wiederkommen würden? Sie hatten uns ausgetrickst und waren viel früher hier als erwartet.

»Küxchen, Küxchen, du gehst mir wirklich auf die Nerven«, hörte ich die Stimme des Schulleiters.

»Nenn mich nicht Küxchen!«, zeterte Herr Kux.

Hektisch schaute ich mich nach einem Versteck um. Da tippte mir Marlene auf die Schulter und deutete auf einige kleinere Metallstücke, die sich nicht weit über uns unter einem Rohr an der Wand verfangen hatten. Was für eine tolle Idee! Schnurstracks liefen wir darauf zu und griffen jeder nach einem Stück.

»Das geht hier alles zu weit«, meckerte Kux.

»Küxchen, geh nach Hause, wenn du Schiss hast«, sagte der Schulleiter. Dann betraten die beiden den großen Raum.

Marlene und ich hingen ungesehen an der Decke. Es war einfach unglaublich. Sobald wir nach den Metallstückchen gegriffen hatten, zogen die uns einfach nach oben. Leider konnte ich mich in dieser Situation nicht begeistert darüber freuen. Stattdessen hielt ich die Luft an und hoffte, dass die beiden Männer nicht nach oben schauen würden.

»Irgendwie sieht es hier anders aus«, sagte Kux in dem Moment und drehte seinen Kopf hektisch nach allen Seiten um.

»Komm Küxchen, wir haben hier ein Problem zu lösen und können nicht über Einrichtungsfragen sinnieren«, sagte der Schulleiter.

Unglaublich, der war sich seiner Sache so gewiss, dass er blind und taub gegenüber allem anderen zu sein schien. Denn natürlich stach der zusammengetragene Haufen der Unwahrscheinlichkeiten ziemlich ins Auge, und das Feuer brannte nicht mehr. Stattdessen taute die Feuerschale tropfend vor sich hin. Es hatte sich schon ein Rinnsal gebildet, das in der Mitte des Raumes zu einer Pfütze zusammenfloss. Diese selbstzufriedene Sicherheit hatte dem Silikonmann schon im

Paralleluniversum den Plan vereitelt. Allerdings hatte er da einen Plan B in petto gehabt, musste ich zugeben. Immerhin war der durchgeknallte Schulleiter dem Universum auf irgendeine Art entkommen. Vielleicht sollte ich selbst etwas aufpassen, dass ich Doctor Octopus nicht unterschätzte.

Eigentlich hätten wir Herrn Kux aufhalten sollen. Das war der halbfertige Plan gewesen. Doch Marlene und ich hingen an der Decke, und wir konnten ja nicht einfach das Metall loslassen. Allerdings konnten wir unser Gewicht verdoppeln!

»Marlene«, raunte ich. »Gib mir deine Hand und lass dein Metallstück los.«

»Was, wenn wir dann so schwer sind, dass wir einfach abstürzen?«, wisperte sie.

»Das glaube ich nicht. Anders kommen wir hier nicht wieder runter.«

»Wir könnten zur Wand rüberschweben und uns an den Rohren runterziehen«, schlug Marlene leise vor.

Also machten wir erst einmal das. Leider funktionierte es nicht. Ich versuchte, mich mit Schwimmbewegungen durch die Luft zu bewegen. Die brachten aber gar nichts, denn die Luft bot nicht den nötigen Widerstand wie Wasser. Anstatt vorwärts zu schweben, kam ich ins Trudeln und begann, mich wie verrückt um mich selbst zu drehen.

»Verdammt!«, schimpfte ich. »Ich kann nicht wieder anhalten.«

Marlene musste kichern, aber dann griff sie nach mir. Wir

schaukelten noch einige Male hin und her, bis wir endlich wieder still in der Luft hingen.

»Okay, dann eben doch so«, sagte Marlene und ließ ihr Metallstück los.

Langsam sanken wir zu Boden.

»Lass mich bitte nicht los«, sagte ich. »Ich behalte mein Metallstück noch.«

Hand in Hand schlichen wir den beiden Entführern nach, obwohl wir gar nicht hätten schleichen müssen, denn aus dem Raum vor uns drang ein wildes Poltern und Schreien.

Als wir durch die Tür kamen, standen wir mitten in einem Kampf. Ich verschaffte mir einen schnellen Überblick. Das Spiegelbild von Herrn Kux hatte den Schulleiter tatsächlich angegriffen. Nun zeigte sich, dass das Original nicht so versiert in den Kampfkünsten war wie sein Abbild. Immer wieder wurde Dieter Doofmann unsanft zu Boden geschmissen, und kaum stand er wankend wieder auf, griff ihn Kux' Abbild in dem albernen rosafarbenen Glitzeranzug verbissen an.

Ich stellte mir vor, dass dem echten Herrn Kux dieser Anblick sicher gefallen würde, doch der hatte keine Zeit, sich über irgendetwas zu freuen. Stattdessen kämpfte er mit Uwe Bommel und Rüdiger. Erstaunlicherweise schien er stärker als die beiden zusammen zu sein. Das musste an seinen geliebten Gymnastikstunden liegen.

Aus dem großen Schrank war das wütende Klopfen des gespiegelten Dieter Doofmann zu hören. Ganz nach unserem

halbbesprochenen Plan hatten die anderen es dort also tatsächlich wieder einsperren können.
Lisa und Kaspar saßen bei den anderen Spiegelbildern und versuchten, sie an die Hände zu nehmen und zum Mitgehen zu bewegen. Doch die fünf lächelten die ganze Zeit nur nett und leer und verstanden nicht die Bohne, was los war.
Ich zog Marlene zu den Kämpfenden. Das war zwar gefährlich, sie durfte mich aber noch nicht loslassen. Prompt bekam ich einen Schwinger von Herrn Kux ab, der uns zu Boden riss. Aber Marlene hielt meine Hand fest, und wir standen wieder auf. Mir war ein bisschen schwindelig.
Uwe Bommel tänzelte mit geballten Fäusten vor Herrn Kux rum, während sich Rüdiger an seinen Nacken hängte. Kux riss die Arme nach oben und sprang gleichzeitig um seine eigene Achse. Rüdiger flog einfach in die nächste Ecke, und Uwe Bommel vergaß vor Überraschung seine Deckung. Zum Glück stellte Marlene Kux in der nächsten Sekunde ein Bein, und unser Physiklehrer landete auf seiner Nase. Bevor er genau kapierte, wie ihm geschah, steckte ich das Metallstück in seine Hosentasche. Im selben Moment schwebte er nach oben und blieb unter der Decke hängen.
»Holt mich hier sofort wieder runter, ihr … ihr unverschämten Gören!«, schrie unser Physiklehrer mit puterrotem Kopf von seiner hohen Position auf uns nieder.
»Sie sollten mal genauer darüber nachdenken, wer hier wirklich unverschämt ist«, sagte ich ganz ruhig.

»Genau!«, rief Uwe Bommel, noch immer von einem Bein auf das andere tänzelnd.

»Sie haben fünf Kinder entführt, dafür kommen Sie ins Gefängnis«, sagte Marlene.

Kux klappte seinen wütend aufgerissenen Mund wieder zu. Nach dem erschreckten Ausdruck zu urteilen, der sich auf seinem Gesicht breitmachte, wurde ihm wohl eben erst richtig klar, dass der Schulleiter und er aufgeflogen waren und dass sie in sehr, sehr großen Schwierigkeiten steckten. Aber wir hatten keine Zeit, noch länger mit ihm zu plaudern.

Denn blöderweise gab der kämpfende Dieter Doofmann nicht auf. Ich befürchtete, dass er doch noch die Oberhand über den gespiegelten Kux gewinnen könnte. Immerhin hatte er eine Menge zu verlieren. So etwas verleiht manchmal Bärenkräfte. Wir mussten so schnell wie möglich hier weg.

»Die Spiegelbilder wollen nicht mitkommen«, rief Lisa ganz verzweifelt.

»Moment, ich habe eine Idee«, rief ich. »Marlene, ich brauch dich als Gewicht.«

Marlene nickte, und wir rannten in den großen Raum zurück.

Dort schnappte ich mir ein altes Seil, das ich zuvor aus dem Augenwinkel gesehen hatte. So eine Rumpelkammer voller Kram ist manchmal ein riesiger Glücksfall. Außerdem nahm ich ein kleines schwebendes Metallstück mit. Marlene hielt mich fest, so dass ich nicht abheben konnte.

»Wir binden die Spiegelbilder einfach aneinander und lassen sie schweben«, erklärte ich den anderen.

»Das könnte funktionieren«, sagte Kaspar mit einem Blick auf den oben an der Decke trudelnden Herrn Kux.

Wie ich vermutet hatte, wehrten sich die Spiegelbilder nicht, als wir sie mit dem Seil miteinander verbanden. Sie streckten uns sogar bereitwillig die rechten Hände entgegen. Aber vielleicht wollten sie uns auch nur einmal wieder guten Tag sagen.

Ich gab das Seil Uwe Bommel und steckte seinem Spiegelbild das Metallstück in die Hosentasche. Nun konnte man sehr gut erkennen, dass die Spiegelbilder noch lange nicht die Festigkeit echter Menschen erreicht hatten, auch wenn sie ziemlich echt aussahen. Langsam schwebten sie an die Decke. Zum Glück wunderten sie sich nicht darüber.

Kux drehte sich auf der anderen Seite des Raumes noch immer in der Luft im Kreis. Darunter kämpfte Dieter Doofmann gegen das Spiegelbild des Physiklehrers, während sein eigenes im Schrank hockte.

»Jetzt aber nichts wie weg!«, rief Rüdiger.

Wir liefen in den großen Raum. Uwe Bommel kam etwas langsamer hinter uns her, die schwebenden Spiegelbilder im Schlepptau wie Boote, die er durch die Luft treidelte.

»Uwe, der Ballonverkäufer«, sagte Marlene und kicherte. Uwe Bommel grinste.

Von den Unwahrscheinlichkeiten schnappten wir uns so vie-

le, wie wir tragen konnten. So richtig viele waren das leider nicht. Jeder nahm eine Flasche, einen Stein und einen Beutel mit Erde. Marlene hob vorsichtig die Moosbüschelkönigin auf.
»Hoffentlich kommen die Kleinen die Treppe hinauf«, sagte sie.
»Moment«, rief ich, stellte noch mal alles ab und holte eine lange Baudiele aus einer staubigen Ecke. Marlene und ich trugen sie zur Treppe und legten sie über die Stufen nach oben.
»Eine super Rampe, oder?«, fragte ich und lachte. Dabei war mir gar nicht so richtig nach Lachen zumute. Aber die Rampe funktionierte einwandfrei.
Die Metalltür ließen wir offen stehen. Darum konnten wir den Schulleiter aus dem hinteren Raum brüllen hören.
»Kux, du Idiot, such endlich deine Taschen nach einem Stück Metall ab und komm da runter.«

26. Nacktbaden

Draußen war es inzwischen dunkel, und es nieselte. Ich fragte mich, was der feine Regen mit den Spiegelbildern machen würde. Vielleicht wären sie am Ende des Weges ja schon wahrscheinlich.

»Der Hausmeister ist ein Schatz«, jubelte Lisa.

Ich dachte an den mürrischen Mann mit Schnauzbart in den blauen Latzhosen. Wie kam Lisa denn jetzt auf den? Weil er praktischerweise seinen Handwagen neben dem Seiteneingang stehen gelassen hatte. Wir luden unsere Lasten hinein. Rüdiger, Kaspar, Lisa und ich rannten noch einmal zurück und holten den Rest der atmenden Steine und der kriechenden Erde. Von hinten hörte ich die Männer stöhnen, allerdings konnte ich nicht erkennen, ob im Kampf oder vor Schmerz.

Glücklicherweise war niemand sonst in den Straßen unterwegs, denn unser extrem unwahrscheinlicher Tross hätte wahrscheinlich großes Aufsehen erregt.
Ganz vorne liefen Kaspar und ich. Wir zogen den Handwagen. Hinter uns gingen Lisa und Rüdiger. Sie passten auf, dass nichts aus dem Wagen fiel. Dahinter kam Marlene mit der kleinen Moosbüschelkönigin in den Händen. Ihr folgten all die anderen Moosbüschel. Die tippelten auf ihren kurzen Beinchen, so schnell sie konnten, und seufzten dabei unaufhörlich. Am Schluss lief Uwe Bommel. Geisterhaft und tatsächlich riesigen Ballons gleich schwebten die Spiegelbilder hinter ihm her.
»Ey, guckt mal!«, rief er plötzlich.
Unser Zug kam zum Halten, und wir schauten, was Uwe Bommel gemeint hatte.
»Das gibt es ja gar nicht!«, staunte Marlene.
Hinter den Spiegelbildern hörte unsere Karawane nämlich noch lange nicht auf. Wie ein glänzender Schweif folgten uns die leuchtenden Kugeln und die schwebenden glitzernden Metallbrocken.
»Wie ein Komet«, flüsterte ich von dem Anblick total gerührt.
»Wie die das wohl da oben finden?«, fragte Kaspar und deutete auf die Spiegelbilder.
»Na, hoffentlich finden die gar nichts«, murmelte ich.
»Stimmt«, sagte Kaspar, »denn dann hätten sie ja Gefühle, und das wäre total schrecklich.«

Die Spiegelbilder trugen ihr stetes Lächeln im Gesicht. Sie waren etwas durchscheinender und nebelhafter als noch vorhin im Keller, aber dafür leuchteten sie nun. *Der Regen,* dachte ich, *er lässt sie zu Wasser werden, und dabei wird leuchtende Energie freigesetzt.*

»Mann, riecht es hier lecker«, unterbrach Kaspar meine Gedanken.

Da stieg mir der Bananenmilchwind in die Nase. Er war also auch mitgekommen.

Fast bedauerte ich, dass Mama, Paps und Opo, Tante Uli, die Müllers und Theobald Holzhammer das alles nicht sehen konnten. Aber letzten Endes war es besser, dass uns niemand sah. Das hätte nur Fragen aufgeworfen, und die konnten wir nicht beantworten.

Wir liefen auf dem kürzesten Weg in den Park. Trotz des Regens waren hier einige wenige Leute unterwegs. Zum Glück war es im Park richtig dunkel.

»Na, ihr lieben Kinder«, sagte ein Mann, der seinen Arm um eine giggelnde Frau gelegt hatte und dem der Nieselregen nichts auszumachen schien. »Macht ihr einen kleinen Laternenumzug?«

»Und was für tolle Laternen ihr habt«, staunte die Frau. Sie schaute nach oben zu den Spiegelbildern. Dabei schwankte sie etwas, und der Mann hielt sie noch fester.

»Richtig«, sagte ich, »wir machen einen Laternenumzug im Regen.«

»Aber Sankt Martin ist doch erst im November«, sagte die Frau und lachte, als hätte sie einen superlustigen Witz gemacht.
»Wir üben schon mal«, sagte Kaspar, und ich musste mir ein Kichern verkneifen.
Dann liefen wir weiter.
»Ich geh mit meiner Laterne …«, begann Marlene zu singen.
»… und meine Laterne mit mir«, fielen wir anderen leise ein.
Irgendwie war das ein echt schöner Moment.
»Wir müssen die Unwahrscheinlichkeiten verteilen«, erinnerte ich die anderen dann aber.
»Eigentlich schade drum«, sagte Rüdiger. »Das sind schon echt irre Erfindungen, die Kux da gemacht hat.«
»Sicher ist sicher«, sagte Lisa und legte einen atmenden Stein neben einen ganz normalen. »Die können ein Ungleichgewicht hervorrufen. Mit so etwas darf man nicht spaßen.«
Ich schaute sie überrascht an.
»Ich lese gerne Bücher, in denen so was passiert«, erklärte Lisa und lächelte mich an.
Wir verteilten die kriechende Erde, die Regenperlen und alle atmenden Steine im Park. Dann nahm Marlene meine Hand und führte mich hinter ein großes Gebüsch. Die Moostierchen tippelten hinter uns her. Marlene setzte die Moosbüschelkönigin vorsichtig ab. Sofort drängten sich die anderen wieder um ihr Oberhaupt und bildeten einen dicken Moosteppich zwischen dem Gebüsch und der alten Parkmauer.

»Macht's gut, ihr Süßen«, flüsterte Marlene leise und propellerte ihren Zopf.
Ich spürte, dass sie weinte und legte meinen Arm um sie. So standen wir eine Weile. Ich fand es auch traurig, dass die Moostierchen morgen nichts weiter als ein Haufen Moosbüschel sein würden. So wie das, das noch immer bei Marlene zu Hause im Gurkenglas lag.
»Vielleicht wachsen sie ja an«, sagte Marlene, »immerhin regnet es doch.«
»Mhm«, machte ich, »dann können wir sie ab und zu besuchen.«
Marlene lachte. »Willst du sie dann streicheln und mit ihnen reden? Mit Moosbüscheln?«
»Warum nicht?«, antwortete ich. »Wir wissen ja nun, dass alles nur eine Frage des jeweiligen Universums ist.«
Da lachte Marlene noch einmal. Ich merkte aber, dass ihr gefiel, was ich gesagt hatte. Mir gefiel, dass sie wieder lachen konnte.

Schließlich kamen wir ans Ufer des Ententeichs. Wir leerten die Flaschen in den Teich und sahen den misslungenen Uwe Bommel davonschwimmen. Er leuchtete grünlich unter der Wasseroberfläche, aber nicht sehr lange.
Auch der Kometenschweif hinter uns hatte sich inzwischen beinahe aufgelöst. Nach und nach waren die Kugeln erloschen

und zu Boden gefallen. Genauso wie die Metallbrocken. Die Männer von der Parkreinigung würden sich am nächsten Morgen sicher sehr wundern.

»Zum Schluss also noch unsere Abbilder«, sagte Kaspar.

»Wir müssen mit ihnen baden gehen, anders kriegen wir sie nicht ins Wasser«, sagte ich. »Jeder nimmt seines an die Hand und dann hinein in den Teich.«

»Das ist verboten«, sagte Uwe Bommel da und deutete auf ein Schild, von dem wir alle wussten, dass es Baden im Sommer und Schlittschuhfahren im Winter verbot.

»Seit wann handelst du denn nach den Regeln«, knurrte ich.

»Anton, es tut mir leid«, sagte Uwe Bommel da und klang wirklich zerknirscht. »Du hast damals verdammt viel Ärger bekommen. Das war nicht okay.«

Einen Moment lang war ich total überrascht, dass Uwe Bommel sofort wusste, was ich gemeint hatte.

»Ist schon vergessen«, sagte ich und merkte, dass das wirklich stimmte.

»Lasst uns baden gehen, bevor noch jemand kommt und was dagegen hat«, sagte Marlene.

In dem Moment erschollen von der Straße her mehrere Martinshörner.

»Die Polizei«, sagte Kaspar.

»Auf Opo ist eben Verlass«, sagte ich.

»Das freut mich für Tante Uli«, murmelte Marlene.

Dann schlüpften wir aus unseren Klamotten. Nur die Unterwäsche ließen wir natürlich an. In dem Moment kamen die Spiegelbilder zu uns herunter, das Metall in der Tasche von Uwe Bommels Abbild war wahrscheinlich geworden. Wir banden sie vom Seil los. Inzwischen waren sie sehr durchscheinend und tropften. Sie fühlten sich an wie nasse Nebelschwaden.

»Der Regen hat sie schon wahrscheinlicher werden lassen«, sagte ich.

Die anderen sagten nichts. Jeder nahm sein Abbild an die Hand. Marlene und ich nahmen das von Katharina Winter zwischen uns. Die Spiegelbilder lächelten die ganze Zeit, sprechen konnten sie nicht mehr.

Das Teichwasser war fast warm, wie es sich ja immer anfühlt, wenn man im Regen baden geht. Wir liefen weit hinein. Tief war der Teich nicht, darum mussten wir uns irgendwann hinhocken. Dabei zogen wir die Spiegelbilder unter Wasser. Ich spürte, wie sich die Nebelhand in der meinen ganz auflöste. In dem Moment begann der Teich um uns herum grün zu leuchten. Es sah superschön aus.

»Macht's gut«, sagte Rüdiger und klang ein wenig traurig.

Wir schwammen durch das leuchtende Grün zurück zum Ufer und versammelten uns bibbernd an Land. Dann erlosch das Leuchten.

»Nun sind sie weg«, sagte Lisa.

»Ist besser so«, meinte Kaspar. »Die waren schon ziemlich gruselig.«

»Mhm«, machte Uwe Bommel.

Wir schwiegen einen Moment. Nur unser Zähneklappern unterbrach die Stille. Und das Rauschen des Regens, der stärker geworden war.

»Ich glaube, ich frage mal meinen Vater, ob er mir Schachspielen beibringt«, sagte Uwe Bommel.

»Das ist eine Superidee«, sagte Kaspar.

»Was macht ihr denn da!«, schrie uns in dem Moment einer an. »Es ist verboten, im Teich zu schwimmen! Ich rufe die Polizei!«

Also, manchmal gehen mir die Erwachsenen wirklich auf die Nerven. Und manchmal machen sie mich richtig wütend mit ihrer Ignoranz und weil sie einfach nicht sehen können, wenn gerade ein ganz besonderer Moment stattfindet.

»Das brauchen Sie gar nicht«, sagte ich. »Die ist unseretwegen sowieso schon da. Dort hinten auf dem Schulhof.«

»Auch noch frech werden, oder was?«, schrie der Typ. Der würde nie ein grünes Leuchten in einem Ententeich sehen können. Selbst schuld.

Wir schlüpften in unsere Sachen und liefen zum Schulhof zurück. Dort standen zwei Polizeibusse, ein Rettungswagen und noch zwei, drei andere Autos. Vor der Seitentür zur Kellertreppe hatte sich eine Menschentraube gebildet. Ich erkannte Opo und Tante Uli, Mama, Paps und die Müllers, Kaspars Vater und Tim mit seiner Mutter. Wir stellten uns von allen noch unbemerkt dazu. Da kamen zwei Polizeibeamte die

Kellertreppe herauf. Zwischen sich führten sie den mit Handschellen gefesselten Schulleiter aka Dieter Doofmann aka Silikonmann aka Doctor Octopus. Als sie an mir vorbeiliefen, stolperte der Schulleiter, und für einen kurzen Moment trafen sich unsere Blicke. In seinem las ich eine Menge Wut, aber auch noch etwas anderes.

»Ihr habt mich also tatsächlich auf ganzer Linie reingelegt«, zischte er. »Zwei Mal.«

Ich nickte. »Das haben wir.«

Vielleicht war das andere in seinen Augen so etwas wie Respekt gewesen.

Im selben Moment erblickte mich Mama.

»Anton!«, rief sie, kam auf mich zugerannt und riss mich in ihre Arme.

Auch die anderen Eltern entdeckten nun ihre Kinder. Es gab ein großes Durcheinander aus Schluchzen, Umarmen und noch mehr Umarmen und Schluchzen.

Erst dachte ich, dass außer mir niemand sah, wie Herr Kux auf einer Trage in den Krankenwagen geschoben wurde. Er weinte und sah aus, als sei er von sehr weit oben heruntergefallen. Plötzlich rief er etwas.

»Ist mir egal, ob Sie Karlo Kolumno heißen oder Donald Duck«, antwortete der Sanitäter. »Wir fahren jetzt ins Krankenhaus, und ein Polizist ist so nett, Sie danach aufs Polizeirevier zu begleiten.« Mit einem Knall schloss er die Tür des Krankenwagens.

»Warum hat Herr Kux bei der ganzen Sache mitgemacht?«, fragte Marlene, die plötzlich neben mir stand.
»Manche Menschen machen manchmal komische Sachen«, sagte ich. »Das kann man nicht immer kapieren.«
»Mhm«, machte Marlene. »Wenn es nicht so wäre, wäre ja auch alles gut.«

27. Die Restauranteröffnung

Natürlich haben wir in der Nacht noch lange geredet. Die Müllers kamen mit zu uns, und Marlene und ich erzählten, wie wir die Kinder gefunden hatten. Die Unwahrscheinlichkeiten ließen wir dabei natürlich aus. Ich hoffte, auch die anderen würden ihren Eltern nichts von den Spiegelbildern erzählen. Das würde nur unnötige Fragen hervorrufen. Dass Kux und der Schulleiter sich hüten würden, darüber ein Sterbenswörtchen zu verlieren, war klar.

»Aber ich verstehe nicht, warum ihr noch im Ententeich baden musstet«, sagte Frau Müller.

»Na ja«, begann ich und zuckte mit den Schultern, »also, das war so –«

»Das wollten die anderen gerne«, unterbrach mich Marlene jedoch schnell. »Sie hatten so lange in den Betten gelegen und geschlafen, da hatten sie nach dem Aufwachen einfach riesige Lust auf ein frisches Bad.«

Am nächsten Tag trafen wir uns alle auf dem Polizeirevier, um unsere Aussagen zu machen. Rüdiger, Uwe Bommel, Kaspar und Lisa kamen aus dem Krankenhaus. Dort hatten sie die Nacht verbringen müssen und waren untersucht und beobachtet worden, ob ihnen nach der Entführung irgendetwas fehlte. Das tat es natürlich nicht. Kux hatte sich ja beinahe liebevoll um die Entführten gekümmert. Bis auf die Erbsensuppe. Die war echt gemein gewesen.

»Ich habe ja lange überlegt, ob ich wirklich wissen will, was es tatsächlich mit diesen angeblichen Erfindungen von Kux auf sich hatte«, sagte Kaspar in einem Moment, als sich alle Eltern laut verteidigten, weil sie doch nicht hatten ahnen können, dass das Sportcamp eine Lüge gewesen war.

»Und?«, fragte Marlene.

»Will ich nicht«, sagte Kaspar. »Das Ganze ist schon irre genug, und ich habe das Gefühl, eine Erklärung würde es noch irrer machen.«

Lisa, Rüdiger und Uwe Bommel nickten. Marlene und ich atmeten erleichtert auf.

»Okay«, sagte ich. »Wie ihr wollt.«

Wir erfuhren, dass es Katharina Winter inzwischen wieder gutging. Sie wurde nicht verhört, denn sie konnte sich noch immer an nichts erinnern. Ich fragte mich, was die Amnesie bei ihr ausgelöst hatte. Wahrscheinlich hatte sie die Schlaftabletten nicht vertragen. Sie musste ohne Gong und ohne Tropfen einfach aufgewacht sein. Irgendwie hatte sie dann

in einem unbeobachteten Moment fliehen können und war nach Hause gelaufen. Aber wie gesagt, erinnern konnte sie sich nicht daran.
Den Polizisten erzählten wir dann genau dasselbe wie zu Hause. Anscheinend gab es danach keine weiteren Fragen mehr, denn wir durften alle wieder gehen. In die Schule mussten wir zwei Tage lang nicht. Wegen des Schocks. Deswegen rief auch noch eine Frau an. Sie stellte sich als Psychologin vor und wollte wissen, ob ich sie bräuchte. Brauchte ich nicht. Ich hatte Paps, Mama und Opo. Wir machten einen Ausflug. Gehirnlüftung.

Am Samstag war dann die große Eröffnung des neuen Restaurants, und Theobald Holzhammer trug strahlend sein neues Gebiss zur Schau. Er kam auf uns zugelaufen und umarmte uns.
»Meine Lieben, wie schön, dass ihr da seid«, sagte er. »Gerade rechtzeitig zur Namensenthüllung.«
Dann begrüßte er mit einer überschwänglichen Umarmung Mama, Frau Müller und ganz besonders Tante Uli. Bei der war seine Umarmung nämlich noch ein bisschen überschwänglicher.
»Na, na, na«, knurrte Opo.
Theobald Holzhammer schüttelte ihm, Herrn Müller und Paps die Hand.

»Es freut mich außerordentlich, die Herrschaften«, sagte er, und Opo setzte ein versöhnliches Grinsen auf.
Eine Art Zirkuskapelle, die in der Hofdurchfahrt stand, spielte einen Tusch.
»Sie haben sich ja wirklich ins Zeug gelegt«, rief Marlene.
»Aber freilich«, sagte Theobald Holzhammer und ließ seine neuen Zähne strahlen. »Wartet es nur ab, es wird noch besser.«
Der dicke Wirt trat vor die Leute und hielt eine wortkarge Rede, in der er sich bei Theobald Holzhammer bedankte und den neuen Koch vorstellte. Dann spielte die Zirkuskapelle ein schmissiges Stück. Theobald Holzhammer, der Wirt und der Koch traten unter das Schild des Restaurants, das noch verhängt war, und griffen jeder nach einem herunterhängenden dünnen Seil.
»Und hiermit eröffnen wir unser neues Restaurant!«, riefen sie im Chor und zogen an den Fäden.
Das Tuch rutschte vom Schild und fiel herunter. Dabei begrub es die Leute in der ersten Reihe. Das waren Marlene, Mama, Frau Müller, Tante Uli und ich. Wir mussten lachen und verhedderten uns bei dem Versuch, uns zu befreien, noch ein bisschen mehr. Das wurde auch nicht besser, als Theobald Holzhammer, der dicke Wirt und der Koch versuchten, uns aus dem Tuch zu schälen. Schließlich halfen auch noch Opo, Paps und Herr Müller. Und dann konnten wir endlich das neue Schild lesen.

Überrascht schauten wir zu Theobald Holzhammer. Der zwinkerte uns zu. Marlene zwinkerte zurück, und ich versuchte es wenigstens.
»Hast du was im Auge?«, fragte Mama besorgt, und Marlene kicherte los.
Opo trat neben mich. »Es ist wegen des Spielautomaten, nicht wahr? Der Name, meine ich. Aus Dankbarkeit. Richtig?«
Ich nickte. »Woher weißt du das?« Ich hatte doch Opo noch gar nichts von Theobald Holzhammer erzählt, sondern nur vom Obdachlosen.
»Habe ich kombiniert«, sagte Opo und schaute mich nachdenklich an. »Das bleibt natürlich unter uns. Und Anton, du weißt, dass du immer zu mir kommen kannst, wenn du ein Problem hast. Auch wenn es nur eine Laus ist, die dir über die Leber läuft.«
»Das weiß ich, Opo«, sagte ich.
»Warum heißt dieses Restaurant wie unsere Kinder?«, wunderte sich Frau Müller.
»Aus Gründen, meine Lieben«, rief Theobald Holzhammer uns zu. »Aus Gründen.«
»Aha«, machte Herr Müller.
Mama warf mir einen seltsamen Blick zu. Ich wusste, dass es ihr schwerfiel, nicht zu fragen. Aber Paps nahm einfach ihre Hand und zog sie mit sich. Inzwischen war die Tür des Re-

staurants geöffnet worden, und die Leute gingen hinein, um sich drinnen umzusehen und von den Snacks zu nehmen, die auf einem Büfett bereitgestellt waren.
Nun war der Raum hell und freundlich, denn die einst zugeklebten Fenster ließen das Sonnenlicht herein. Der Boden war mit Parkett ausgelegt und die Tische mit weißen Decken und hübschen Blumensträußen geschmückt. Nichts erinnerte mehr an die dunkle Kneipe. Doch, eine alte Sache gab es: Der Automat hing noch immer an der Wand.
»Reiner Aberglaube, dass der da noch hängt«, sagte Theobald Holzhammer, der herumlief und Getränke ausschenkte. Dabei hatte er wohl meinen Blick gesehen. »Er funktioniert aber nicht mehr. Ich habe es ausprobiert.«
Wir suchten einen großen Tisch aus und setzten uns mit den gefüllten Tellern. Das Essen schmeckte ganz vorzüglich.
Da trat der Wirt an unseren Tisch.
»Meine Herrschaften«, sagte er, und alle wandten ihm ein neugieriges Gesicht zu. »Manche Geschichten sind einfach ganz unglaublich. Manche sind sogar so unglaublich, dass man sie gar nicht erzählen kann. Nur so viel: Aus Gründen bekommen Anton und Marlene für ein Jahr hier bei uns im Restaurant ein freies Mittagessen.«
Alle klatschten und jubelten. Besonders Mama, das wunderte mich etwas.
»Bist du eigentlich nicht traurig, wenn du mittags nicht mehr für mich kochen kannst?«, fragte ich sie.

Mama lächelte. »Nur ein bisschen. Meine Arbeit im Architekturbüro macht mir aber auch riesigen Spaß.«
Und was ist mit Opo?, hätte ich beinahe gefragt. Aber dann sah ich, dass Opo mit Tante Uli turtelte, und irgendwie hatte ich da das Gefühl, dass er vielleicht sowieso nicht mehr ganz so oft zum Mittagessen zu Hause sein würde.
Marlene und ich holten uns etwas vom Dessert.
»Wir sollten die Marvelhelden anrufen«, sagte sie.
»Stimmt. Wir müssen ihnen sagen, dass Doctor Octopus überführt ist.«
Obwohl die Marvelhelden das bestimmt schon wussten. Denn gestern hatte die ganze Geschichte mit Bild vom Schulleiter und von Herrn Kux in der Zeitung gestanden. Also nicht die ganze Geschichte, aber die, die wir der Polizei erzählt hatten.
»Und alles wegen so eines bescheuerten Wettbewerbs«, hatte sich Tante Uli aufgeregt.
»Also echt«, hatte Marlene gesagt und mir zugezwinkert.
Ich beobachtete Opo, der um den Automaten herumschlich. Er klopfte ihn vorsichtig ab und betrachtete ihn von allen Seiten. Dann warf er sogar ein Geldstück in den Schlitz. Aber nichts passierte. Als er zurück an den Tisch kam, schaute Tante Uli ihn ein wenig vorwurfsvoll an.
»Glücksspiel ist eine Sünde«, sagte sie.
»Du hast recht, meine Schöne«, sagte Opo. »Und da wir demnächst ganz und gar in Sünde leben werden, sollte ich etwas vorsichtiger mit weiteren Verstößen sein.«

»Was soll das denn heißen?«, fragte Mama.

Opo räusperte sich. »Diese wunderbare Frau und ich«, sagte er und nahm Tante Ulis Hand, »werden zusammenziehen.«

Paps erhob sich von seinem Stuhl. »Steht ebenfalls auf, liebe Familie und Freunde. Lasst uns anstoßen«, sagte er und hob sein Glas über die Mitte des Tisches.

Wir taten es ihm gleich.

»Auf die Liebe!«, sagte Paps.

»Auf die Liebe!«, riefen wir und ließen unsere Gläser aneinanderklingen.

Epilog

Sie waren weg. Es konnte kein Einziges von ihnen mehr spüren. Traurig hätte es den Kopf hängen lassen, hätte es einen

[illegible] bedeutete, die Mission war gescheitert.

[illegible]chnell wie möglich noch eine Nachricht an die [illegible] Bevor sich das Portal endgültig schloss.

[illegible]ch nicht zu Ende. Bleibt wachsam, denn die [illegible]erden erst noch verkündet.

Ein Buch ist mehr als meine erzählte Geschichte, darum danke ich meiner Agentin Christiane Düring, meiner Lektorin Carla Felgentreff und meiner Illustratorin Regina Kehn.